Alice's Adventures in Wonderland (1865)

© 2025 by Book One

Todos os direitos de tradução reservados e protegidos pela Lei 9.610 de 19/02/1998. Nenhuma parte desta publicação, sem autorização prévia por escrito da editora, poderá ser reproduzida ou transmitida sejam quais forem os meios empregados: eletrônicos, mecânicos, fotográficos, gravação ou quaisquer outros.

COORDENADORA EDITORIAL Francine C. Silva

TRADUÇÃO Lívia Magalhães e Daniel Porcaro

PREPARAÇÃO Letícia Nakamura

REVISÃO Rafael Bisoffi
Talita Grass

CAPA E ILUSTRAÇÕES DE MIOLO Alexandre Carvalho

PROJETO GRÁFICO E DIAGRAMAÇÃO Renato Klisman • @rkeditorial

IMPRESSÃO COAN Gráfica

Dados Internacionais de Catalogação na Publicação (CIP)
Angélica Ilacqua CRB-8/7057

C313a   Carroll, Lewis, 1832-1898

Alice no país das maravilhas – Alice's Adventures in Wonderland / Lewis Carroll ; tradução de Lívia Magalhães, Daniel Porcaro ; ilustrações de Alexandre Carvalho. -- São Paulo : Excelsior, 2025.

256 p. : il., color.

ISBN 978-65-85849-85-2

1. Ficção inglesa I. Título II. Magalhães, Lívia III. Porcaro, Daniel IV. Carvalho, Alexandre

24-5416   CDD 823

Lewis Carroll

Alice
NO PAÍS DAS
MARAVILHAS

São Paulo
2025

EXCELSIOR
BOOK ONE

Table of Contents

CHAPTER I

Down the Rabbit-Hole.................................10

CHAPTER II

The pool of tears.................................28

CHAPTER III

A Caucus-Race and a Long Tale.................................44

CHAPTER IV

The Rabbit Sends in a Little Bill.................................60

CHAPTER V

Advice from a Caterpillar.................................80

CHAPTER VI

Pig and Pepper.................................102

Sumário

CAPÍTULO I

Toca do Coelho adentro.................................11

CAPÍTULO II

O lago de lágrimas.................................29

CAPÍTULO III

A corrida do Caucus e uma longa história...............45

CAPÍTULO IV

O Coelho dá trabalho a Bill.................................61

CAPÍTULO V

O conselho de uma Lagarta.................................81

CAPÍTULO VI

Porco com pimenta.................................103

CHAPTER VII

A Mad Tea-Party.................................126

CHAPTER VIII

The Queen's Croquet-Ground.................150

CHAPTER IX

The Mock Turtle's Story.................172

CHAPTER X

The Lobster Quadrille.................192

CHAPTER XI

Who Stole the Tarts?.................212

CHAPTER XII

Alice's Evidence.................228

Lewis Carroll.................250

CAPÍTULO VII

Um chá de malucos............127

CAPÍTULO VIII

O jardim de croqué da Rainha............151

CAPÍTULO IX

A história da Tartaruga Fingida............173

CAPÍTULO X

A quadrilha de lagosta............193

CAPÍTULO XI

Quem roubou as tortas?............213

CAPÍTULO XII

O depoimento de Alice............229

Lewis Carroll............250

Lewis Carroll

Alice's Adventures in Wonderland

Lewis Carroll

Alice
no País das
Maravilhas

There was nothing so *very* remarkable in that; nor did Alice think it so *very* much out of the way to hear the Rabbit say to itself, "Oh dear! Oh dear! I shall be late!"

(when she thought it over afterwards, it occurred to her that she ought to have wondered at this, but at the time it all seemed quite natural); but when the Rabbit actually *took a watch out of its waistcoat-pocket,* and looked at it, and then hurried on, Alice started to her feet, for it flashed across her mind that she had never before seen a rabbit with either a waistcoat-pocket, or a watch to take out of it, and burning with curiosity, she ran across the field after it, and fortunately was just in time to see it pop down a large rabbit-hole under the hedge.

In another moment down went Alice after it, never once considering how in the world she was to get out again.

The rabbit-hole went straight on like a tunnel for some way, and then dipped suddenly down, so suddenly that Alice had not a moment to think about stopping herself before she found herself falling down a very deep well.

Either the well was very deep, or she fell very slowly, for she had plenty of time as she went down to look about her and to wonder what was going to happen next. First, she tried to look down and make out what she was coming to, but it was too dark to see anything; then she looked at the sides of the well, and noticed that they were filled with cupboards and book-shelves; here and there she saw maps and pictures hung upon pegs. She took down a jar from one of the shelves as she passed; it was labelled "ORANGE MARMALADE", but to her great disappointment it was empty: she did not like to drop the jar for fear of killing somebody, so managed to put it into one of the cupboards as she fell past it.

Não havia nada de *tão* extraordinário nisso, nem Alice achou *tão* estranho ouvir o Coelho dizer para si mesmo:

— Oh, céus! Oh, céus! Vou me atrasar!

Quando ela pensou a respeito depois, ocorreu-lhe que deveria ter se surpreendido, mas na hora tudo parecia muito natural. Mas quando o Coelho realmente *tirou um relógio do bolso do colete*, olhou para ele e depois saiu correndo, Alice levantou-se de um salto, pois lhe ocorreu que nunca havia visto um coelho com colete, ou com um relógio para tirar do bolso. Ardendo de curiosidade, correu pelo campo atrás do animal, e felizmente chegou a tempo de vê-lo desaparecer dentro de uma grande toca de coelho sob a cerca.

Um instante depois, lá se foi Alice atrás dele, sem sequer pensar em como sairia de lá mais tarde.

A toca ia em linha reta, como um túnel, por um bom trecho, e então descia de repente, tão de repente que Alice não teve tempo de pensar em parar antes de se ver caindo por um poço muito profundo.

Ou o poço era muito profundo, ou ela caía muito devagar, porque teve bastante tempo, enquanto caía, para observar ao redor e perguntar-se o que aconteceria a seguir. Primeiro, tentou olhar para baixo e ver aonde ia, mas estava escuro demais para distinguir qualquer coisa. Depois, olhou para as laterais do poço e notou que estavam cheias de armários e estantes. Aqui e ali, viu mapas e quadros pendurados com alfinetes. Pegou um pote de uma das prateleiras ao passar, o qual tinha como rótulo "GELEIA DE LARANJA", mas, para sua grande decepção, estava vazio. A menina não quis largar o pote por medo de matar alguém, então conseguiu colocá-lo em um dos armários à medida que caía.

"Well!," thought Alice to herself, "after such a fall as this, I shall think nothing of tumbling down stairs! How brave they'll all think me at home! Why, I wouldn't say anything about it, even if I fell off the top of the house!" (Which was very likely true.)

Down, down, down. Would the fall *never* come to an end!

"I wonder how many miles I've fallen by this time?," she said aloud. "I must be getting somewhere near the centre of the earth. Let me see: that would be four thousand miles down, I think—" (for, you see, Alice had learnt several things of this sort in her lessons in the schoolroom, and though this was not a *very* good opportunity for showing off her knowledge, as there was no one to listen to her, still it was good practice to say it over) "—yes, that's about the right distance—but then I wonder what Latitude or Longitude I've got to?" (Alice had no idea what Latitude was, or Longitude either, but thought they were nice grand words to say.)

Presently she began again.

"I wonder if I shall fall right *through* the earth! How funny it'll seem to come out among the people that walk with their heads downward! The Antipathies, I think—" (she was rather glad there *was* no one listening, this time, as it didn't sound at all the right word) "—but I shall have to ask them what the name of the country is, you know. Please, Ma'am, is this New Zealand or Australia?" (and she tried to curtsey as she spoke—fancy *curt-seying* as you're falling through the air! Do you think you could manage it?) "And what an ignorant little girl she'll think me for asking! No, it'll never do to ask: perhaps I shall see it written up somewhere."

Bem!, pensou Alice consigo mesma. *Depois de uma queda dessas, cair das escadas vai ser moleza! Em casa, todos vão me achar muito corajosa! Eu não ia nem reclamar, mesmo que caísse do telhado!* O que era muito provável de ser verdade.

Caindo, caindo, caindo. Será que a queda nunca ia acabar?

— Me pergunto… quantos quilômetros já caí até agora? — ponderou em voz alta. — Devo estar perto do centro da Terra. Vamos ver, isso seria mais de seis mil quilômetros de profundidade, acho. — Pois, veja só, Alice tinha aprendido várias dessas coisas em suas lições na sala de aula, e embora essa não fosse a *melhor* oportunidade para exibir seu conhecimento, já que não havia ninguém para ouvi-la, ao menos era um bom exercício. — Sim, essa é mais ou menos a distância certa… Mas então me pergunto… em qual latitude ou longitude estou? — Alice não tinha ideia do que era latitude ou longitude, mas achava que eram palavras grandiosas e bonitas de dizer.

Logo começou de novo.

— Me pergunto se vou passar *direto* pelo centro da Terra! Que engraçado seria ir parar entre as pessoas que andam de cabeça para baixo! Os Antipatias, eu acho… — Ficou um tanto satisfeita que não havia *ninguém* ouvindo dessa vez, pois não parecia a palavra certa de jeito nenhum. — Mas vou ter que perguntar a eles como o país se chama, sabe. Por favor, senhora, aqui é a Nova Zelândia ou a Austrália? — E tentou fazer uma reverência ao falar. Imagine fazer uma *reverência* enquanto se está caindo pelo ar! Você acha que conseguiria? — E que menina ignorante ela vai pensar que sou por perguntar! Não, não vai adiantar perguntar. Talvez eu veja escrito em algum lugar.

Down, down, down. There was nothing else to do, so Alice soon began talking again.

"Dinah'll miss me very much to-night, I should think!" (Dinah was the cat.) "I hope they'll remember her saucer of milk at tea-time. Dinah my dear! I wish you were down here with me! There are no mice in the air, I'm afraid, but you might catch a bat, and that's very like a mouse, you know. But do cats eat bats, I wonder?" And here Alice began to get rather sleepy, and went on saying to herself, in a dreamy sort of way, "Do cats eat bats? Do cats eat bats?" and sometimes, "Do bats eat cats?" for, you see, as she couldn't answer either question, it didn't much matter which way she put it. She felt that she was dozing off, and had just begun to dream that she was walking hand in hand with Dinah, and saying to her very earnestly, "Now, Dinah, tell me the truth: did you ever eat a bat?" when suddenly, *thump! thump!* down she came upon a heap of sticks and dry leaves, and the fall was over.

Alice was not a bit hurt, and she jumped up on to her feet in a moment: she looked up, but it was all dark overhead; before her was another long passage, and the White Rabbit was still in sight, hurrying down it. There was not a moment to be lost: away went Alice like the wind, and was just in time to hear it say, as it turned a corner,

"Oh my ears and whiskers, how late it's getting!"

She was close behind it when she turned the corner, but the Rabbit was no longer to be seen: she found herself in a long, low hall, which was lit up by a row of lamps hanging from the roof.

Caindo, caindo, caindo. Não havia mais nada a fazer, então Alice logo começou a falar de novo:

— Dinah vai sentir muita falta de mim hoje à noite, acho! — Dinah era sua gata. — Espero que se lembrem do pires de leite dela na hora do chá. Dinah, minha querida! Quem me dera você estivesse aqui comigo! Não há ratos no ar, infelizmente, mas você poderia pegar um morcego, que é muito parecido com um rato, sabe. Mas será que gatos comem morcegos? — E aqui Alice começou a ficar sonolenta, e continuou dizendo para si mesma, de maneira meio sonhadora: — Será que gatos comem morcegos? Será que gatos comem morcegos? — E às vezes: — Será que morcegos comem gatos? — Pois, veja bem, como ela não podia responder a nenhuma das perguntas, não importava muito de que forma as construía. Sentiu que estava cochilando, e já começava a sonhar que andava de mãos dadas com Dinah, dizendo-lhe muito seriamente: — Agora, Dinah, me diga a verdade. Você já comeu um morcego? — Quando de repente, *bum! bum!*, caiu em cima de um monte de gravetos e folhas secas, e a queda terminou.

Alice não se machucou nem um pouco, e pôs-se imediatamente de pé em um pulo. Olhou para cima, mas estava tudo escuro. Diante dela havia outro longo corredor, e o Coelho Branco continuava à vista, correndo apressado. Não havia tempo a perder. Alice saiu correndo como o vento, e chegou bem a tempo de ouvi-lo dizer, ao virar uma esquina:

— Oh, minhas orelhas e bigodes, como está ficando tarde!

Alice estava logo atrás dele, porém, quando virou a esquina, o Coelho não estava mais à vista. Ela se viu então em um longo salão baixo, iluminado por uma fila de lâmpadas penduradas no teto.

There were doors all round the hall, but they were all locked; and when Alice had been all the way down one side and up the other, trying every door, she walked sadly down the middle, wondering how she was ever to get out again.

Suddenly she came upon a little three-legged table, all made of solid glass; there was nothing on it except a tiny golden key, and Alice's first thought was that it might belong to one of the doors of the hall; but, alas! either the locks were too large, or the key was too small, but at any rate it would not open any of them. However, on the second time round, she came upon a low curtain she had not noticed before, and behind it was a little door about fifteen inches high: she tried the little golden key in the lock, and to her great delight it fitted!

Alice opened the door and found that it led into a small passage, not much larger than a rat-hole: she knelt down and looked along the passage into the loveliest garden you ever saw. How she longed to get out of that dark hall, and wander about among those beds of bright flowers and those cool fountains, but she could not even get her head though the doorway;

"and even if my head *would* go through," thought poor Alice, "it would be of very little use without my shoulders. Oh, how I wish I could shut up like a telescope! I think I could, if I only know how to begin."

For, you see, so many out-of-the-way things had happened lately, that Alice had begun to think that very few things indeed were really impossible.

There seemed to be no use in waiting by the little door, so she went back to the table, half hoping she might find another

Havia portas ao redor de todo o salão, mas todas estavam trancadas. Depois que Alice percorreu todo um lado e voltou pelo outro, tentando todas as portas, caminhou tristemente pelo centro, e se perguntava como sairia dali.

De repente, encontrou uma mesinha de três pernas, toda feita de vidro maciço. Não havia nada sobre ela, exceto uma pequena chave dourada. O primeiro pensamento de Alice foi que ela poderia pertencer a uma das portas do salão, mas, infelizmente, ou as fechaduras eram grandes demais ou a chave era pequena demais, mas, de qualquer forma, não abria nenhuma delas. No entanto, na segunda volta, ela encontrou uma cortina baixa que não havia notado antes, e ali atrás havia uma pequena porta com cerca de 40 centímetros de altura. A menina tentou usar a pequena chave dourada na fechadura e, para sua grande alegria, ela serviu!

Alice abriu a porta e descobriu que ela levava a um pequeno corredor, não muito maior que uma toca de rato. Ajoelhou-se e olhou pelo corredor: era o jardim mais lindo que já tinha visto. Como desejava sair daquele salão escuro e passear por entre aqueles canteiros de flores brilhantes e aquelas fontes refrescantes! Mas ela não conseguia nem passar a cabeça pela porta. *E ainda que minha cabeça passasse*, pensou a pobre Alice, *não seria de muita utilidade sem meus ombros. Ah, como eu gostaria de poder me encolher como um telescópio! Acho que conseguiria, se ao menos soubesse por onde começar.*

Pois veja, tantas coisas fora do comum aconteceram nos últimos tempos, que Alice começara a acreditar que pouquíssimas coisas eram realmente impossíveis.

Não parecia útil ficar esperando perto da pequena porta, então ela voltou à mesa, em parte esperando encontrar outra

key on it, or at any rate a book of rules for shutting people up like telescopes: this time she found a little bottle on it,

("which certainly was not here before," said Alice,) and round the neck of the bottle was a paper label, with the words "DRINK ME" beautifully printed on it in large letters.

It was all very well to say "Drink me," but the wise little Alice was not going to do *that* in a hurry.

"No, I'll look first," she said, "and see whether it's marked '*poison*' or not"; for she had read several nice little histories about children who had got burnt, and eaten up by wild beasts and other unpleasant things, all because they *would* not remember the simple rules their friends had taught them: such as, that a red-hot poker will burn you if you hold it too long; and that if you cut your finger *very* deeply with a knife, it usually bleeds; and she had never forgotten that, if you drink much from a bottle marked "*poison*," it is almost certain to disagree with you, sooner or later.

However, this bottle was *not* marked "poison," so Alice ventured to taste it, and finding it very nice, (it had, in fact, a sort of mixed flavour of cherry-tart, custard, pine-apple, roast turkey, toffee, and hot buttered toast,) she very soon finished it off.

"What a curious feeling!" said Alice; "I must be shutting up like a telescope."

chave ali em cima, ou pelo menos um livro de instruções para encolher pessoas como telescópios. Desta vez, encontrou uma garrafinha sobre a mesa...

— Que certamente não estava aqui antes — notou Alice. Ao redor do gargalo da garrafa havia um rótulo de papel, com as palavras "beba-me" lindamente impressas em grandes letras.

Era muito fácil dizer "beba-me", mas a sábia Alice não ia fazer *isso* com pressa.

— Não, vou olhar primeiro — disse ela. — E ver se está rotulada "veneno" ou não. — Pois a menina já tinha lido várias historinhas bonitinhas sobre crianças que se queimaram ou foram engolidas por feras selvagens e outras coisas desagradáveis, só porque não se lembraram das regras simples que seus amigos lhes ensinaram: como, por exemplo, que um ferro em brasa pode queimar se você segurá-lo por muito tempo; e que se você fizer um corte profundo no dedo com uma faca, ele geralmente sangra; e ela nunca se esqueceu de que, se você beber muito de uma garrafa rotulada "veneno", é quase certo que não vai lhe fazer bem, cedo ou tarde.

No entanto, essa garrafa *não* estava marcada como "veneno", então Alice arriscou prová-la, e, achando o sabor muito agradável (na verdade, tinha um sabor misto de torta de cereja, creme, abacaxi, peru assado, caramelo e torrada quente com manteiga), logo a terminou por completo.

— Que sensação curiosa! — comentou Alice. — Acho que estou me encolhendo como um telescópio.

And so it was indeed: she was now only ten inches high, and her face brightened up at the thought that she was now the right size for going through the little door into that lovely garden. First, however, she waited for a few minutes to see if she was going to shrink any further: she felt a little nervous about this;

"for it might end, you know," said Alice to herself, "in my going out altogether, like a candle. I wonder what I should be like then?" And she tried to fancy what the flame of a candle is like after the candle is blown out, for she could not remember ever having seen such a thing.

After a while, finding that nothing more happened, she decided on going into the garden at once; but, alas for poor Alice! when she got to the door, she found she had forgotten the little golden key, and when she went back to the table for it, she found she could not possibly reach it: she could see it quite plainly through the glass, and she tried her best to climb up one of the legs of the table, but it was too slippery; and when she had tired herself out with trying, the poor little thing sat down and cried.

"Come, there's no use in crying like that!" said Alice to herself, rather sharply; "I advise you to leave off this minute!" She generally gave herself very good advice, (though she very seldom followed it), and sometimes she scolded herself so severely as to bring tears into her eyes; and once she remembered trying to box her own ears for having cheated herself in a game of croquet she was playing against herself, for this curious child was very fond of pretending to be two people. "But it's no use now," thought poor Alice, "to pretend to be two people! Why, there's hardly enough of me left to make *one* respectable person!"

De fato, era isso que acontecia. Ela agora tinha apenas 25 centímetros de altura. Seu rosto se iluminou ao pensar que enfim estava no tamanho certo para conseguir passar pela pequena porta que levava ao lindo jardim. Primeiro, entretanto, esperou uns minutos para ver se iria encolher ainda mais. Sentia-se um pouco nervosa com tal possibilidade...

— Pois, sabe, no fim pode ser — disse Alice para si mesma —, que eu desapareça por completo, como uma vela que se apaga. Fico pensando: como eu seria então? — E tentou imaginar como seria a chama de uma vela após ser apagada, pois não conseguia se lembrar de já ter visto algo assim.

Após certo tempo, percebendo que nada mais acontecia, decidiu logo entrar no jardim. Mas pobre Alice! Ao chegar à porta, percebeu que havia esquecido a pequena chave dourada. Quando voltou à mesa a fim de pegá-la, viu que não conseguia alcançá-la de maneira alguma. Podia vê-la nitidamente através do vidro e tentou com todas as forças subir por uma das pernas da mesa, mas era escorregadia demais. Depois de se cansar com várias tentativas, a pobre menina sentou-se e desatou a chorar.

— Vamos, não adianta chorar assim! — disse Alice para si mesma, de forma bem firme. — Aconselho você a parar neste instante! — Ela geralmente dava bons conselhos a si mesma (embora raramente os seguisse), e às vezes se repreendia de maneira tão dura que chegava a chorar. Lembrou-se de uma vez em que tentou dar um pescoção em si mesma por ter trapaceado em um jogo de croqué em que era sua própria adversária, pois essa criança curiosa adorava fingir que era duas pessoas. *Mas agora não adianta fingir ser duas pessoas*, refletiu Alice, desanimada. *Mal há o suficiente de mim para formar* uma *pessoa decente!*

Soon her eye fell on a little glass box that was lying under the table: she opened it, and found in it a very small cake, on which the words "EAT ME" were beautifully marked in currants.

"Well, I'll eat it," said Alice, "and if it makes me grow larger, I can reach the key; and if it makes me grow smaller, I can creep under the door; so either way I'll get into the garden, and I don't care which happens!"

She ate a little bit, and said anxiously to herself,

"Which way? Which way?", holding her hand on the top of her head to feel which way it was growing, and she was quite surprised to find that she remained the same size: to be sure, this generally happens when one eats cake, but Alice had got so much into the way of expecting nothing but out-of-the-way things to happen, that it seemed quite dull and stupid for life to go on in the common way.

So she set to work, and very soon finished off the cake.

Logo seus olhos pousaram em uma pequena caixa de vidro que estava sob a mesa. Abriu-a e encontrou um bolinho, com as palavras "COMA-ME" lindamente escritas com uvas-passas.

— Bem, vou comer — decidiu Alice. — E se isso me fizer crescer, poderei alcançar a chave. Se me fizer encolher, conseguirei passar por baixo da porta. De um jeito ou de outro, entrarei no jardim, não importa o que aconteça! — Ela deu uma mordida e, ansiosa, perguntou a si mesma: — Para que direção? Para que direção? — Colocando a mão sobre a cabeça para sentir se crescia ou encolhia. Ficou bastante surpresa ao perceber que continuava do mesmo tamanho. Claro, isso é o que normalmente acontece ao se comer um bolo; contudo, Alice estava tão acostumada a esperar por coisas extraordinárias que achou entediante e sem graça que tudo estivesse acontecendo de forma tão comum.

Então, ela arregaçou as mangas e logo terminou de comer o bolo.

CHAPTER II

The pool of tears

"Curiouser and curiouser!" cried Alice (she was so much surprised, that for the moment she quite forgot how to speak good English); "now I'm opening out like the largest telescope that ever was! Good-bye, feet!" (for when she looked down at her feet, they seemed to be almost out of sight, they were getting so far off.) "Oh, my poor little feet, I wonder who will put on your shoes and stockings for you now, dears? I'm sure *I* shan't be able! I shall be a great deal too far off to trouble myself about you: you must manage the best way you can;

—but I must be kind to them, thought Alice, "or perhaps they won't walk the way I want to go! Let me see: I'll give them a new pair of

CAPÍTULO II

O lago de lágrimas

— A curiosidade fica cada vez mais grande! — exclamou Alice. Estava tão surpresa que, por um momento, esqueceu completamente como falar da maneira correta. — Agora estou crescendo como o maior telescópio que já existiu! Adeus, pés! — Pois, quando olhou para baixo, seus pés pareciam quase fora de vista, de tão distantes que estavam. — Ah, meus pobres pezinhos, quem será que vai calçar sapatos e meias em vocês agora, queridos? Tenho certeza de que não conseguirei! Estarei muito longe para me preocupar com isso. Vocês terão de se virar como puderem...

Mas preciso ser gentil com eles, pensou Alice, *ou talvez não andem para onde eu quiser! Vamos ver. Vou lhes dar um par novo de*

Alice felt so desperate that she was ready to ask help of any one; so, when the Rabbit came near her, she began, in a low, timid voice,

"If you please, sir—"

The Rabbit started violently, dropped the white kid gloves and the fan, and skurried away into the darkness as hard as he could go.

Alice took up the fan and gloves, and, as the hall was very hot, she kept fanning herself all the time she went on talking:

"Dear, dear! How queer everything is to-day! And yesterday things went on just as usual. I wonder if I've been changed in the night? Let me think: *was* I the same when I got up this morning? I almost think I can remember feeling a little different. But if I'm not the same, the next question is, Who in the world am I? Ah, *that's* the great puzzle!" And she began thinking over all the children she knew that were of the same age as herself, to see if she could have been changed for any of them. "I'm sure I'm not Ada," she said, "for her hair goes in such long ringlets, and mine doesn't go in ringlets at all; and I'm sure I can't be Mabel, for I know all sorts of things, and she, oh! she knows such a very little! Besides, *she's* she, and *I'm* I, and—oh dear, how puzzling it all is! I'll try if I know all the things I used to know. Let me see: four times five is twelve, and four times six is thirteen, and four times seven is—oh dear! I shall never get to twenty at that rate! However, the Multiplication Table doesn't signify: let's try Geography. London is the capital of Paris, and Paris is the capital of Rome, and Rome—no, *that's* all wrong, I'm certain! I must have been changed for Mabel!

Alice estava disposta a pedir ajuda a qualquer um, tamanho o seu desespero. Então, quando o Coelho se aproximou, ela o chamou, em voz baixa e tímida:

— Por favor, senhor.

O Coelho deu um salto violento, deixando cair as luvas e o leque, e saiu correndo para a escuridão o mais rápido que pôde.

Alice pegou o leque e as luvas, e, dado que o salão estava muito quente, pôs-se a se abanar à medida que falava:

— Nossa! Como tudo está estranho hoje! E ontem estava tudo normal. *Será* que mudei durante a noite? Deixe-me pensar: será que eu era a mesma quando acordei hoje de manhã? Quase acho que me lembro de sentir algo diferente. Mas, se não sou a mesma, a próxima pergunta é: quem sou eu, então? Ah, *esse* é o grande enigma! — E começou a pensar em todas as crianças que conhecia, que tivessem a sua idade, para ver se poderia ter trocado de lugar com alguma delas. — Tenho certeza de que não sou a Ada — ponderou —, porque os cabelos dela fazem longos cachos, e os meus não têm cacho algum. E também tenho certeza de que não sou a Mabel, pois sei todo tipo de coisa, e ela, ah! Ela sabe tão pouco! Além disso, *ela* é ela, e *eu* sou eu, e… Ah, que confusão é tudo isso! Vou tentar ver se sei as coisas que costumava saber. Vamos ver: quatro vezes cinco é doze, e quatro vezes seis é treze, e quatro vezes sete é… Oh, céus! Nunca vou chegar a vinte desse jeito! Bem, a tabuada não importa, vamos tentar geografia. Londres é a capital de Paris, e Paris é a capital de Roma, e Roma… Não, está *tudo* errado, com certeza! Fui trocada pela Mabel!

She got up and went to the table to measure herself by it, and found that, as nearly as she could guess, she was now about two feet high, and was going on shrinking rapidly: she soon found out that the cause of this was the fan she was holding, and she dropped it hastily, just in time to avoid shrinking away altogether.

"That *was* a narrow escape!" said Alice, a good deal frightened at the sudden change, but very glad to find herself still in existence; "and now for the garden!" and she ran with all speed back to the little door: but, alas! the little door was shut again, and the little golden key was lying on the glass table as before, "and things are worse than ever," thought the poor child, "for I never was so small as this before, never! And I declare it's too bad, that it is!"

As she said these words her foot slipped, and in another moment, *splash!* she was up to her chin in salt water. Her first idea was that she had somehow fallen into the sea,

"and in that case I can go back by railway," she said to herself.

(Alice had been to the seaside once in her life, and had come to the general conclusion, that wherever you go to on the English coast you find a number of bathing machines in the sea, some children digging in the sand with wooden spades, then a row of lodging houses, and behind them a railway station.)

However, she soon made out that she was in the pool of tears which she had wept when she was nine feet high.

"I wish I hadn't cried so much!" said Alice, as she swam about, trying to find her way out. "I shall be punished for it now, I suppose, by being drowned in my own tears! That *will* be a queer thing, to be sure! However, everything is queer to-day."

Levantou-se e foi até a mesa para se medir por ela, e descobriu que, pelo que podia calcular, agora tinha cerca de sessenta centímetros de altura e continuava a encolher com rapidez. Logo percebeu que a causa disso era o leque que estava segurando e o soltou apressadamente, a tempo de evitar desaparecer por completo.

— Essa *foi* por pouco! — exclamou Alice, bastante assustada com a mudança repentina, mas aliviada por ainda existir. — Agora, para o jardim! — E correu de volta para a pequena porta o mais rápido que pôde. Mas ai de mim! A porta estava fechada de novo, e a pequena chave dourada estava em cima da mesa de vidro, como antes. *E as coisas estão piores do que nunca*, pensou a pobre criança, *porque nunca estive tão pequena antes, nunca! E digo que é muito ruim, de fato!*

Conforme dizia essas palavras, seu pé escorregou, e, no instante seguinte, *splash!* Ela estava com água até o queixo. Sua primeira ideia foi que, de alguma forma, caíra no mar.

— Nesse caso, posso voltar de trem — disse para si mesma.

Alice tinha ido à praia uma vez e concluiu que, aonde quer que se fosse na costa da Inglaterra, sempre haveria várias cabines de banho no mar, crianças cavando na areia com pás de madeira, uma fila de casas de veraneio e, atrás delas, uma estação de trem.

No entanto, logo percebeu que estava no lago de lágrimas que havia chorado quando tinha mais de dois metros e meio de altura.

— Gostaria de não ter chorado tanto! — comentou Alice, nadando na tentativa de encontrar uma saída. — Suponho que esta será minha punição: afogar em minhas próprias lágrimas! Isso seria *muito* estranho! Porém, tudo está estranho hoje.

Just then she heard something splashing about in the pool a little way off, and she swam nearer to make out what it was: at first she thought it must be a walrus or hippopotamus, but then she remembered how small she was now, and she soon made out that it was only a mouse that had slipped in like herself.

"Would it be of any use, now," thought Alice, "to speak to this mouse? Everything is so out-of-the-way down here, that I should think very likely it can talk: at any rate, there's no harm in trying."

So she began:

"O Mouse, do you know the way out of this pool? I am very tired of swimming about here, O Mouse!" (Alice thought this must be the right way of speaking to a mouse: she had never done such a thing before, but she remembered having seen in her brother's Latin Grammar, "A mouse—of a mouse—to a mouse—a mouse—O mouse!") The Mouse looked at her rather inquisitively, and seemed to her to wink with one of its little eyes, but it said nothing.

"Perhaps it doesn't understand English," thought Alice; "I daresay it's a French mouse, come over with William the Conqueror." (For, with all her knowledge of history, Alice had no very clear notion how long ago anything had happened.)

So she began again:

"*Où est ma chatte?*" which was the first sentence in her French lesson-book. The Mouse gave a sudden leap out of the water, and seemed to quiver all over with fright. "Oh, I beg your pardon!" cried Alice hastily, afraid that she had hurt the poor animal's feelings. "I quite forgot you didn't like cats."

Nesse momento, ouviu algo se debatendo na água um pouco mais adiante, e nadou até lá para ver o que era. A princípio, pensou que fosse uma morsa ou um hipopótamo, mas logo lembrou que estava muito pequena e percebeu que era apenas um rato que tinha escorregado e caído na água, assim como ela.

Será que adianta, pensou Alice, *falar com esse rato? Tudo é tão fora do comum por aqui que acho bem provável que ele possa falar. De qualquer forma, não custa tentar.*

Então, começou:

— Oh, Rato, você sabe como sair desta poça? Estou muito cansada de nadar por aqui, oh, Rato! — Alice achou que essa devia ser a maneira certa de falar com um rato. Nunca tinha feito isso antes, mas se lembrava de ter visto no livro de gramática de latim do irmão. "Um rato; do rato; para o rato; um rato; oh, rato!" O rato olhou para ela com certo interesse, e pareceu piscar com um dos pequenos olhos, mas não se pronunciou.

Talvez ele não entenda inglês, pensou Alice. *Aposto que é um rato francês, que veio com Guilherme, o Conquistador.* Pois, com todo o seu conhecimento de História, Alice não tinha muita noção de quando as coisas haviam acontecido.

Então, começou de novo:

— *Où est ma chatte?* — Esta era a primeira frase de seu livro de francês. O rato deu um salto repentino para fora d'água e pareceu tremer de medo. — Ah, me desculpe! — exclamou Alice apressada, temendo ter magoado o pobre animal. — Esqueci completamente que você não gosta de gatos.

— Não gosta de gatos! — gritou o Rato, em uma voz aguda e emocionada. — *Você* gostaria de gatos se fosse eu?

"Not like cats!" cried the Mouse, in a shrill, passionate voice. "Would *you* like cats if you were me?"

"Well, perhaps not," said Alice in a soothing tone: "don't be angry about it. And yet I wish I could show you our cat Dinah: I think you'd take a fancy to cats if you could only see her. She is such a dear quiet thing," Alice went on, half to herself, as she swam lazily about in the pool, "and she sits purring so nicely by the fire, licking her paws and washing her face—and she is such a nice soft thing to nurse—and she's such a capital one for catching mice—oh, I beg your pardon!" cried Alice again, for this time the Mouse was bristling all over, and she felt certain it must be really offended. "We won't talk about her any more if you'd rather not."

"We indeed!" cried the Mouse, who was trembling down to the end of his tail. "As if I would talk on such a subject! Our family always *hated* cats: nasty, low, vulgar things! Don't let me hear the name again!"

"I won't indeed!" said Alice, in a great hurry to change the subject of conversation. "Are you—are you fond—of—of dogs?" The Mouse did not answer, so Alice went on eagerly: "There is such a nice little dog near our house I should like to show you! A little bright-eyed terrier, you know, with oh, such long curly brown hair! And it'll fetch things when you throw them, and it'll sit up and beg for its dinner, and all sorts of things—I can't remember half of them—and it belongs to a farmer, you know, and he says it's so useful, it's worth a hundred pounds! He says it kills all the rats and—oh dear!" cried Alice in a sorrowful tone, "I'm afraid I've offended it again!" For the Mouse was swimming away from her as hard as it could go, and making quite a commotion in the pool as it went.

— Bem, acho que não — disse Alice em tom conciliador. — Não fique bravo com isso. Mas eu gostaria que pudesse conhecer nossa gata, a Dinah. Acho que você acabaria gostando de gatos se a visse. Ela é uma criatura tão querida e tranquila — continuou Alice, meio para si mesma, ao nadar preguiçosamente pelo lago. — E ela ronrona de um jeito tão agradável junto à lareira, lambendo as patas e lavando o rosto… e é tão fofinha para fazer carinho… e ela é ótima para pegar ratos… ah, me desculpe! — exclamou Alice de novo, pois dessa vez o Rato estava completamente arrepiado, e ela tinha certeza de que ele estava ofendido de verdade. — Não falaremos mais dela, se preferir.

— Mais uma vez falando dela! — gritou o Rato, que tremia até a ponta do rabo. — Como se eu quisesse conversar sobre isso! Nossa família sempre *odiou* gatos. Criaturas nojentas, baixas, vulgares! Não quero ouvir esse nome de novo!

— De jeito nenhum! — concordou Alice, apressando-se em mudar de assunto. — Você… você gosta… de… de cachorros? — O Rato não respondeu, então Alice continuou animada: — Tem um cachorrinho muito bonitinho perto de nossa casa, que eu adoraria lhe mostrar! Um terrier de olhos brilhantes, sabe, com aquele pelo marrom tão encaracolado! Ele busca as coisas que você joga, senta e pede comida, e faz tantos truques… Não consigo me lembrar nem da metade deles! Ele pertence a um fazendeiro, sabe, e ele diz que o cachorro é tão útil que vale cem libras! Ele diz que mata todos os ratos e… oh, céus! — exclamou Alice em um tom triste. — Acho que o ofendi de novo! — Pois o Rato estava nadando para longe o mais rápido que podia, agitando a água ao redor de si.

So she called softly after it, "Mouse dear! Do come back again, and we won't talk about cats or dogs either, if you don't like them!"

When the Mouse heard this, it turned round and swam slowly back to her: its face was quite pale (with passion, Alice thought), and it said in a low trembling voice,

"Let us get to the shore, and then I'll tell you my history, and you'll understand why it is I hate cats and dogs."

It was high time to go, for the pool was getting quite crowded with the birds and animals that had fallen into it: there were a Duck and a Dodo, a Lory and an Eaglet, and several other curious creatures. Alice led the way, and the whole party swam to the shore.

Então, Alice o chamou suavemente:

— Rato, querido! Volte, por favor, e não falaremos mais sobre gatos ou cachorros, se você não gosta deles!

Quando o Rato ouviu isso, virou-se e nadou lentamente de volta até ela. Seu rosto estava bastante pálido (de raiva, Alice ponderou), e ele disse com uma voz baixa e trêmula:

— Vamos até a margem. Então contarei minha história e você entenderá por que odeio gatos e cachorros.

Já passava da hora de ir, pois o lago estava ficando bastante cheio com os pássaros e outros animais que haviam caído nele. Havia um Pato, um Dodô, uma Arara, uma Aguieta e várias outras criaturas curiosas. Alice foi na frente, e todo o grupo nadou em direção à margem.

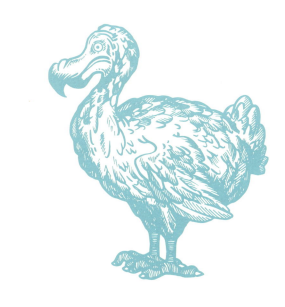

CHAPTER III

A Caucus-Race and a Long Tale

They were indeed a queer-looking party that assembled on the bank—the birds with draggled feathers, the animals with their fur clinging close to them, and all dripping wet, cross, and uncomfortable.

The first question of course was, how to get dry again: they had a consultation about this, and after a few minutes it seemed quite natural to Alice to find herself talking familiarly with them, as if she had known them all her life. Indeed, she had quite a long argument with the Lory, who at last turned sulky, and would only say,

CAPÍTULO III
A corrida do Caucus e uma longa história

O grupo que se reuniu na margem era mesmo bastante estranho. Os pássaros com as penas ensopadas, os animais com o pelo colado ao corpo, e todos pingando, irritados e desconfortáveis.

A primeira questão, claro, era como se secar de novo. Fizeram um debate a respeito e, depois de alguns minutos, parecia muito natural para Alice encontrar-se conversando com eles familiarmente, como se os conhecesse a vida toda. De fato, ela entrou em uma longa discussão com a Arara, que por fim ficou emburrada e só dizia:

"I am older than you, and must know better"; and this Alice would not allow without knowing how old it was, and, as the Lory positively refused to tell its age, there was no more to be said.

At last the Mouse, who seemed to be a person of authority among them, called out,

"Sit down, all of you, and listen to me! *I'll* soon make you dry enough!" They all sat down at once, in a large ring, with the Mouse in the middle. Alice kept her eyes anxiously fixed on it, for she felt sure she would catch a bad cold if she did not get dry very soon.

"Ahem!" said the Mouse with an important air, "are you all ready? This is the driest thing I know. Silence all round, if you please! 'William the Conqueror, whose cause was favoured by the pope, was soon submitted to by the English, who wanted leaders, and had been of late much accustomed to usurpation and conquest. Edwin and Morcar, the earls of Mercia and Northumbria—'"

"Ugh!" said the Lory, with a shiver.

"I beg your pardon!" said the Mouse, frowning, but very politely: "Did you speak?"

"Not I!" said the Lory hastily.

"I thought you did," said the Mouse. "—I proceed. 'Edwin and Morcar, the earls of Mercia and Northumbria, declared for him: and even Stigand, the patriotic archbishop of Canterbury, found it advisable—'"

"Found *what*?" said the Duck.

"Found *it*," the Mouse replied rather crossly: "of course you know what 'it' means."

— Sou mais velha que você, portanto sei mais.

Alice não aceitava isso sem saber quantos anos ela tinha, e como a Arara se recusava terminantemente a revelar sua idade, não havia mais o que discutir.

Por fim, o Rato, que parecia ser uma espécie de autoridade entre eles, gritou:

— Sentem-se todos e escutem! *Eu* vou fazer com que sequem rapidinho!

Todos se sentaram de imediato, formando um grande círculo, com o Rato no meio. Alice manteve com ansiedade os olhos fixos nele, pois tinha certeza de que pegaria um resfriado se não se secasse logo.

— Hum! — disse o Rato com um ar importante. — Estão todos prontos? Esta é a coisa mais seca que conheço. Silêncio total, por favor! "Guilherme, o Conquistador, cujo caso foi apoiado pelo Papa, logo foi aceito pelos ingleses, que precisavam de líderes e estavam há tempos acostumados à usurpação e conquista. Edwin e Morcar, os condes de Mércia e Nortúmbria."

— Argh! — disse a Arara, estremecendo.

— Com licença! — disse o Rato, franzindo a testa, mas com muita educação. — Você disse alguma coisa?

— Eu, não! — a Arara se apressou em responder.

— Pensei que havia dito — comentou o Rato. — Continuo. "Edwin e Morcar, os condes de Mércia e Nortúmbria, apoiaram-no. E até mesmo Stigand, o patriótico arcebispo de Cantuária, achando isto profícuo…"

— Achando *o quê?* — perguntou o Pato.

— Achando *isto* — respondeu o Rato, um pouco irritado. — Presumo que saiba o que "isto" significa.

"I know what 'it' means well enough, when *I* find a thing," said the Duck: "it's generally a frog or a worm. The question is, what did the archbishop find?"

The Mouse did not notice this question, but hurriedly went on,

"'—found it advisable to go with Edgar Atheling to meet William and offer him the crown. William's conduct at first was moderate. But the insolence of his Normans—'How are you getting on now, my dear?" it continued, turning to Alice as it spoke.

"As wet as ever," said Alice in a melancholy tone: "it doesn't seem to dry me at all."

"In that case," said the Dodo solemnly, rising to its feet, "I move that the meeting adjourn, for the immediate adoption of more energetic remedies—"

"Speak English!" said the Eaglet. "I don't know the meaning of half those long words, and, what's more, I don't believe you do either!" And the Eaglet bent down its head to hide a smile: some of the other birds tittered audibly.

"What I was going to say," said the Dodo in an offended tone, "was, that the best thing to get us dry would be a Caucus-race."

"What *is* a Caucus-race?" said Alice; not that she wanted much to know, but the Dodo had paused as if it thought that *somebody* ought to speak, and no one else seemed inclined to say anything.

"Why," said the Dodo, "the best way to explain it is to do it." (And, as you might like to try the thing yourself, some winter day, I will tell you how the Dodo managed it.)

— Sei muito bem o que "isto" significa quando sou *eu* quem acha algo — rebateu o Pato. — Em geral, um sapo ou uma minhoca. A questão é: o que o arcebispo achou?

O Rato não deu atenção à pergunta, mas logo continuou:

— "… Achando isto profícuo, decidiu ir com Edgar Atheling para encontrar-se com Guilherme e oferecer-lhe a coroa. A conduta de Guilherme no início foi moderada. Mas a insolência de seus normandos…" Como está agora, minha querida? — perguntou, virando-se para Alice ao falar.

— Tão molhada quanto antes — respondeu Alice, num tom melancólico. — Não parece me secar em nada.

— Nesse ensejo — disse o Dodô de modo solene, levantando-se. — Peticiono que o presente conciliábulo seja postergado para a adoção iminente de diligências mais profícuas.

— Fale na nossa língua! — exigiu a Aguieta. — Não entendo metade dessas palavras elaboradas e, além disso, acredito que nem mesmo você entenda! — A Aguieta baixou a cabeça para esconder um sorriso, e alguns dos outros pássaros riram alto.

— O que eu ia dizer — retomou o Dodô em tom ofendido — era que o melhor jeito de nos secarmos seria com uma Corrida de Caucus.

— O que é uma Corrida de Caucus? — perguntou Alice. Não que estivesse muito curiosa, mas o Dodô havia feito uma pausa, como se esperasse que *alguém* se manifestasse, e ninguém parecia inclinado a fazê-lo.

— Bem… — disse o Dodô — … a melhor maneira de explicar é fazendo. — E, como talvez você queira tentar fazer isso em algum dia de inverno, vou explicar como o Dodô organizou a corrida.

"But she must have a prize herself, you know," said the Mouse.

"Of course," the Dodo replied very gravely. "What else have you got in your pocket?" he went on, turning to Alice.

"Only a thimble," said Alice sadly.

"Hand it over here," said the Dodo.

Then they all crowded round her once more, while the Dodo solemnly presented the thimble, saying

"We beg your acceptance of this elegant thimble";

and, when it had finished this short speech, they all cheered.

Alice thought the whole thing very absurd, but they all looked so grave that she did not dare to laugh; and, as she could not think of anything to say, she simply bowed, and took the thimble, looking as solemn as she could.

The next thing was to eat the comfits: this caused some noise and confusion, as the large birds complained that they could not taste theirs, and the small ones choked and had to be patted on the back. However, it was over at last, and they sat down again in a ring, and begged the Mouse to tell them something more.

"You promised to tell me your history, you know," said Alice, "and why it is you hate—C and D," she added in a whisper, half afraid that it would be offended again.

"Mine is a long and a sad tale!" said the Mouse, turning to Alice, and sighing.

"It *is* a long tail, certainly," said Alice, looking down with wonder at the Mouse's tail; "but why do you call it sad?" And she kept on puzzling about it while the Mouse was speaking, so that her idea of the tale was something like this:—

— Mas ela precisa ganhar um prêmio também, correto? — lembrou o Rato.

— Claro — respondeu o Dodô, muito sério. — O que mais você tem no bolso? — perguntou, virando-se para Alice.

— Apenas um dedal — replicou Alice tristemente.

— Passe-o para cá — pediu o Dodô. Então, todos se reuniram ao redor dela outra vez, ao mesmo tempo que o Dodô solenemente apresentava o dedal, dizendo: — Aceite, por favor, este elegante dedal.

Quando terminou o pequeno discurso, todos aplaudiram. Alice achou tudo aquilo muito absurdo, mas todos pareciam tão sérios que ela não se atreveu a rir. Como não sabia o que dizer, simplesmente fez uma reverência e aceitou o dedal, tentando parecer o mais solene possível.

A próxima tarefa foi comer os confeitos. Isso causou certo barulho e confusão, pois os pássaros maiores reclamavam que não conseguiam sentir o gosto dos seus, e os menores se engasgavam e precisavam levar tapinhas nas costas. No entanto, isso enfim terminou, e eles se sentaram de novo em círculo, pedindo ao Rato que contasse mais alguma coisa.

— Você prometeu contar a sua história, sabe — comentou Alice. — E por que odeia G e C — acrescentou em um sussurro, meio receosa de ofendê-lo de novo.

— Minha história é triste e longa como minha cauda! — disse o Rato, virando-se para Alice e suspirando.

— É *mesmo* uma cauda longa, com certeza — disse Alice, olhando com admiração para a cauda do Rato. — Mas por que diz que ela é triste? — E continuou a pensar sobre isso conforme o Rato falava, de modo que a ideia que ela formou da história era algo assim:

*Fury said to a mouse,
That he met in the house,
"Let us both go to law:
I will prosecute you.
—Come, I'll take no denial;
We must have a trial:
For really this morning
I've nothing to do."
Said the mouse to the cur,
"Such a trial, dear Sir,
With no jury or judge,
would be wasting our breath."
"I'll be judge, I'll be jury,"
said cunning old Fury:
"I'll try the whole cause,
and condemn you to death."*

"You are not attending!" said the Mouse to Alice severely. "What are you thinking of?"

"I beg your pardon," said Alice very humbly: "you had got to the fifth bend, I think?"

"I had *not*!" cried the Mouse, sharply and very angrily.

"A knot!" said Alice, always ready to make herself useful, and looking anxiously about her. "Oh, do let me help to undo it!"

"I shall do nothing of the sort," said the Mouse, getting up and walking away. "You insult me by talking such nonsense!"

"I didn't mean it!" pleaded poor Alice. "But you're so easily offended, you know!"

The Mouse only growled in reply.

Fúria disse ao rato,
Que encontrou no internato:
"Vou levá-lo à justiça:
Você vai ser processado.
Venha logo, sem preguiça;
Esse caso será julgado,
Pois, na verdade,
Hoje estou à disposição"
Disse o rato ao cão:
"Um julgamento, não sei não,
Sem juiz ou advogado,
Seria apenas um desperdício".
"Serei juiz e jurado",
Disse Fúria, irritado:
"Julgarei a sua causa,
E o condenarei ao precipício".

— Você não está prestando atenção! — disse o Rato severamente a Alice. — Em que está pensando?

— Peço desculpas — respondeu Alice com humildade. — Você já estava dando a quinta volta, acho?

— Ah? *Não!* — gritou o Rato, com raiva.

— Anão? — disse Alice, sempre pronta para ser útil, olhando ansiosamente ao redor. — Oh, deixe-me vê-lo!

— Não é nada disso — pontuou o Rato, levantando-se e indo embora. — Você me insulta falando tanta bobagem!

— Eu não quis ofender! — implorou a pobre Alice. — Mas você se ofende com tanta facilidade!

O Rato apenas rosnou em resposta.

"Please come back and finish your story!" Alice called after it; and the others all joined in chorus, "Yes, please do!" but the Mouse only shook its head impatiently, and walked a little quicker.

"What a pity it wouldn't stay!" sighed the Lory, as soon as it was quite out of sight; and an old Crab took the opportunity of saying to her daughter "Ah, my dear! Let this be a lesson to you never to lose *your* temper!"

"Hold your tongue, Ma!" said the young Crab, a little snappishly. "You're enough to try the patience of an oyster!"

"I wish I had our Dinah here, I know I do!" said Alice aloud, addressing nobody in particular. "She'd soon fetch it back!"

"And who is Dinah, if I might venture to ask the question?" said the Lory.

Alice replied eagerly, for she was always ready to talk about her pet:

"Dinah's our cat. And she's such a capital one for catching mice you can't think! And oh, I wish you could see her after the birds! Why, she'll eat a little bird as soon as look at it!"

This speech caused a remarkable sensation among the party. Some of the birds hurried off at once: one old Magpie began wrapping itself up very carefully, remarking,

"I really must be getting home; the night-air doesn't suit my throat!"

and a Canary called out in a trembling voice to its children,

— Por favor, volte e termine sua história! — Alice gritou, e os outros se juntaram em coro. — Sim, por favor! — Mas o Rato apenas balançou a cabeça com impaciência e se pôs a andar mais rápido.

— Que pena que ele não quis ficar! — suspirou a Arara, assim que o Rato desapareceu de vista.

Uma velha Carangueja aproveitou a oportunidade para dizer à filha:

— Ah, minha querida! Que isso lhe sirva de lição para nunca perder a *sua* paciência!

— Cale-se, mãe! — disse a jovem Carangueja, um pouco irritada. — Você já é o bastante para testar a paciência de uma ostra!

— Gostaria que a nossa Dinah estivesse aqui, isso sim! — confessou Alice em voz alta, dirigindo-se a ninguém em particular. — Ela traria o Rato de volta num instante!

— E quem é Dinah, se posso me atrever a perguntar? — disse a Arara.

Alice respondeu com entusiasmo, pois estava sempre pronta para falar de seu bichinho.

— Dinah é a nossa gata. E ela é ótima para pegar ratos, você nem imagina! Ah, como eu queria que pudesse vê-la com os pássaros! Ora, ela come um passarinho mais rápido que um piscar de olhos!

Esse comentário causou uma comoção notável entre o grupo. Alguns pássaros saíram apressadamente. Uma velha Pega começou a se enrolar com cuidado, dizendo:

— Preciso mesmo voltar para casa. O ar da noite não faz bem à minha garganta!

E um Canário chamou, com a voz trêmula, seus filhotes:

CHAPTER IV

The Rabbit Sends in a Little Bill

It was the White Rabbit, trotting slowly back again, and looking anxiously about as it went, as if it had lost something; and she heard it muttering to itself "The Duchess! The Duchess! Oh my dear paws! Oh my fur and whiskers! She'll get me executed, as sure as ferrets are ferrets! Where *can* I have dropped them, I wonder?"

Alice guessed in a moment that it was looking for the fan and the pair of white kid gloves, and she very good-naturedly began hunting about for them, but they were nowhere to be seen—everything seemed to have changed since her swim in the pool,

CAPÍTULO IV

O Coelho dá trabalho a Bill

Era o Coelho Branco, trotando lentamente de volta e olhando com ansiedade ao redor, como se tivesse perdido algo. Alice o ouviu murmurando para si mesmo:
— A Duquesa! A Duquesa! Ah, minhas pobres patas! Ah, minha pele e meus bigodes! Ela vai mandar me executar, com a mesma certeza de que furões são furões! Onde *será* que eu as deixei cair?

Alice adivinhou no mesmo instante que ele procurava o leque e as luvas de pelica branca, e, com muita gentileza, começou a procurar também, mas não estavam em lugar algum. Parecia que tudo havia mudado desde que nadara no lago,

and the great hall, with the glass table and the little door, had vanished completely.

Very soon the Rabbit noticed Alice, as she went hunting about, and called out to her in an angry tone,

"Why, Mary Ann, what *are* you doing out here? Run home this moment, and fetch me a pair of gloves and a fan! Quick, now!" And Alice was so much frightened that she ran off at once in the direction it pointed to, without trying to explain the mistake it had made.

"He took me for his housemaid," she said to herself as she ran. "How surprised he'll be when he finds out who I am! But I'd better take him his fan and gloves—that is, if I can find them." As she said this, she came upon a neat little house, on the door of which was a bright brass plate with the name "W. RABBIT" engraved upon it. She went in without knocking, and hurried upstairs, in great fear lest she should meet the real Mary Ann, and be turned out of the house before she had found the fan and gloves.

"How queer it seems," Alice said to herself, "to be going messages for a rabbit! I suppose Dinah'll be sending me on messages next!" And she began fancying the sort of thing that would happen: "Miss Alice! Come here directly, and get ready for your walk!", "Coming in a minute, nurse! But I've got to see that the mouse doesn't get out". Only I don't think, Alice went on, "that they'd let Dinah stop in the house if it began ordering people about like that!".

e o grande salão, com a mesa de vidro e a porta diminuta, havia desaparecido por completo.

Logo o Coelho notou Alice enquanto ela procurava, e gritou-lhe, num tom irritado:

— Ora, Mary Ann, *o que* está fazendo aqui fora? Corra para casa agora mesmo e me traga um par de luvas e um leque! Rápido, agora! — E Alice ficou tão assustada que correu no mesmo instante na direção para a qual ele apontava, sem tentar explicar o engano que ele havia cometido.

— Ele me confundiu com sua criada — disse Alice para si mesma ao correr. — Como vai se surpreender quando descobrir quem eu sou! Mas é melhor levar-lhe o leque e as luvas, se é que vou conseguir encontrá-los. — À medida que o dizia, deparou-se com uma casinha muito arrumada, na porta da qual havia uma placa de latão brilhante com o nome "COELHO B." gravado. Ela entrou sem bater e subiu as escadas apressada, com muito medo de encontrar a verdadeira Mary Ann e ser expulsa da casa antes de achar o leque e as luvas.

— Que coisa estranha — Alice disse para si mesma. — Estar fazendo tarefas para um coelho! Acho que a Dinah vai começar a me dar tarefas também! — E começou a imaginar o tipo de coisa que poderia acontecer: — "Srta. Alice! Venha aqui imediatamente e prepare-se para o seu passeio!", "Já estou indo, babá! Mas tenho que ver se o rato não vai escapar". Só acho — continuou Alice — que não deixariam Dinah ficar em casa se ela começasse a dar ordens desse jeito!

By this time she had found her way into a tidy little room with a table in the window, and on it (as she had hoped) a fan and two or three pairs of tiny white kid gloves: she took up the fan and a pair of the gloves, and was just going to leave the room, when her eye fell upon a little bottle that stood near the looking-glass. There was no label this time with the words "DRINK ME," but nevertheless she uncorked it and put it to her lips.

"I know *something* interesting is sure to happen," she said to herself, "whenever I eat or drink anything; so I'll just see what this bottle does. I do hope it'll make me grow large again, for really I'm quite tired of being such a tiny little thing!"

It did so indeed, and much sooner than she had expected: before she had drunk half the bottle, she found her head pressing against the ceiling, and had to stoop to save her neck from being broken. She hastily put down the bottle, saying to herself,

"That's quite enough—I hope I shan't grow any more—As it is, I can't get out at the door—I do wish I hadn't drunk quite so much!"

Alas! it was too late to wish that! She went on growing, and growing, and very soon had to kneel down on the floor: in another minute there was not even room for this, and she tried the effect of lying down with one elbow against the door, and the other arm curled round her head. Still she went on growing, and, as a last resource, she put one arm out of the window, and one foot up the chimney, and said to herself,

"Now I can do no more, whatever happens. What *will* become of me?"

Nesse momento, encontrou o caminho para um quartinho arrumado com uma mesa na janela, e sobre a mesa (como Alice esperava) havia um leque e dois ou três pares de pequenas luvas de pelica branca. Pegou o leque e um par de luvas e estava prestes a sair do quarto quando viu uma garrafinha perto do espelho. Dessa vez, não havia rótulo com as palavras "BEBA-ME", mas, mesmo assim, ela destampou a garrafa e a levou aos lábios.

— Sei que *alguma coisa* interessante vai acontecer — disse para si mesma — toda vez que eu como ou bebo alguma coisa. Então, vou ver o que esta garrafa faz. Espero que me faça crescer novamente, porque estou bem cansada de ser tão pequenininha!

E foi exatamente isso que aconteceu, e muito mais rápido do que Alice esperava. Antes de beber metade da garrafa, sua cabeça já estava pressionando o teto, e ela teve que se abaixar para não quebrar o pescoço. Colocou a garrafa de lado rapidamente, dizendo para si mesma:

— Já chega. Espero que eu não cresça mais. Do jeito que está, não consigo sair pela porta… Queria não ter bebido tanto!

Ah! Mas já era tarde demais para pensar nisso! Ela continuou crescendo, crescendo, e logo teve de se ajoelhar no chão. No minuto seguinte, nem isso era possível. Ela tentou deitar-se no chão, com um cotovelo encostado na porta e o outro braço enrolado ao redor da cabeça. Mesmo assim, continuava a crescer, e, como último recurso, colocou um braço para fora da janela e um pé pela chaminé, dizendo a si mesma:

— Agora não posso fazer mais nada, não importa o que aconteça. *O que* será de mim?

that she was now about a thousand times as large as the Rabbit, and had no reason to be afraid of it.

Presently the Rabbit came up to the door, and tried to open it; but, as the door opened inwards, and Alice's elbow was pressed hard against it, that attempt proved a failure. Alice heard it say to itself,

"Then I'll go round and get in at the window."

"*That* you won't," thought Alice, and, after waiting till she fancied she heard the Rabbit just under the window, she suddenly spread out her hand, and made a snatch in the air. She did not get hold of anything, but she heard a little shriek and a fall, and a crash of broken glass, from which she concluded that it was just possible it had fallen into a cucumber-frame, or something of the sort.

Next came an angry voice—the Rabbit's—

"Pat! Pat! Where are you?"

And then a voice she had never heard before, "Sure then I'm here! Digging for apples, yer honour!"

"Digging for apples, indeed!" said the Rabbit angrily. "Here! Come and help me out of *this*!" (Sounds of more broken glass.)

"Now tell me, Pat, what's that in the window?"

"Sure, it's an arm, yer honour!" (He pronounced it "arrum.")

"An arm, you goose! Who ever saw one that size? Why, it fills the whole window!"

"Sure, it does, yer honour: but it's an arm for all that."

"Well, it's got no business there, at any rate: go and take it away!"

completamente que agora ela era cerca de mil vezes maior que o Coelho, e não tinha razão para ter medo dele.

Logo o Coelho chegou à porta e tentou abri-la, mas, como a porta abria para dentro e o cotovelo de Alice estava pressionado contra ela, a tentativa foi em vão. Alice o ouviu dizer para si mesmo:

— Vou dar a volta e entrar pela janela.

Ah, não vai *não!*, pensou Alice e, depois de esperar até ouvir o Coelho logo abaixo da janela, esticou a mão de repente e tentou agarrar o ar. Não pegou nada, mas ouviu um gritinho e o som de uma queda, seguido de um estilhaçar de vidro, concluindo que ele provavelmente tinha caído sobre uma treliça de pepinos, ou algo do tipo.

Logo em seguida, uma voz zangada — era do Coelho — gritou:

— Pat! Pat! Onde você está?

E então uma voz que Alice nunca tinha ouvido antes respondeu:

— Pois estou aqui! Cavando em busca de maçãs, excelença!

— Cavando em busca de maçãs, ora essa! — repetiu o Coelho, furioso. — Aqui! Venha me ajudar a sair *daqui*!

Ouviram-se mais sons de vidro quebrando.

— Agora me diga, Pat, o que é isso na janela?

— Com certeza, é um cotovelo, excelência! — Ele pronunciou "cutuvelo".

— Um cotovelo, sua anta! Quem já viu um cotovelo desse tamanho? Ora, ele ocupa a janela inteira!

— Sem dúvida, excelença, mas é um cotovelo, sem tirar nem pôr.

— Bem, ele não deveria estar ali. De qualquer forma, tire-o de lá!

—Nay, I shan't! *you* do it!—

—That I won't, then! —Bill's to go down—

—Here, Bill! the master says you're to go down the chimney!"

"Oh! So Bill's got to come down the chimney, has he?" said Alice to herself. "Shy, they seem to put everything upon Bill! I wouldn't be in Bill's place for a good deal: this fireplace is narrow, to be sure; but I *think* I can kick a little!"

She drew her foot as far down the chimney as she could, and waited till she heard a little animal (she couldn't guess of what sort it was) scratching and scrambling about in the chimney close above her: then, saying to herself "This is Bill," she gave one sharp kick, and waited to see what would happen next.

The first thing she heard was a general chorus of

"There goes Bill!"

then the Rabbit's voice along—

—"Catch him, you by the hedge!"

then silence, and then another confusion of voices—

—"Hold up his head—Brandy now—

—Don't choke him—

—How was it, old fellow? What happened to you? Tell us all about it!"

Last came a little feeble, squeaking voice,

("That's Bill," thought Alice,)

"Well, I hardly know—No more, thank ye; I'm better now—but I'm a deal too flustered to tell you—all I know is, something comes at me like a Jack-in-the-box, and up I goes like a sky-rocket!"

— Ah, eu não vou! Faça isso *você*!

— Nem pensar! O Bill vai descer.

— Aqui, Bill! O chefe mandou você descer pela chaminé!

— Oh! Então o Bill tem que descer pela chaminé, não é? — comentou Alice consigo mesma. — Parece que colocam tudo nas costas do Bill! Eu não queria estar no lugar dele nem por um bom dinheiro. Essa lareira é bem estreita, mas *acho* que posso dar um chutezinho!

Ela colocou o pé para dentro da chaminé o máximo que pôde e esperou até ouvir um pequeno animal (não conseguia adivinhar de que tipo era) arranhando e subindo pela chaminé perto dela. Então, dizendo para si mesma "este é o Bill", Alice deu um chute forte e esperou para ver o que aconteceria.

A primeira coisa que ouviu foi um coro geral de vozes dizendo:

— Lá se vai o Bill!

E depois a voz do Coelho:

— Peguem-no, vocês aí perto da cerca!

Então houve silêncio, seguido de outra confusão de vozes.

— Segurem a cabeça dele.

— Deem um pouco de conhaque agora.

— Não deixem que se engasgue.

— O que aconteceu, camarada? Conte-nos tudo!

Por fim, uma voz fraca e trêmula...

Esta é a voz do Bill, pensou Alice.

... disse:

— Bem, quase não sei... Não, obrigado, estou melhor agora... mas estou muito atordoado para contar tudo... Tudo que sei é que algo me acertou como se fosse um boneco de mola, e lá fui eu, voando como um foguete!

They all made a rush at Alice the moment she appeared; but she ran off as hard as she could, and soon found herself safe in a thick wood.

"The first thing I've got to do," said Alice to herself, as she wandered about in the wood, "is to grow to my right size again; and the second thing is to find my way into that lovely garden. I think that will be the best plan."

It sounded an excellent plan, no doubt, and very neatly and simply arranged; the only difficulty was, that she had not the smallest idea how to set about it; and while she was peering about anxiously among the trees, a little sharp bark just over her head made her look up in a great hurry.

An enormous puppy was looking down at her with large round eyes, and feebly stretching out one paw, trying to touch her.

"Poor little thing!" said Alice, in a coaxing tone, and she tried hard to whistle to it; but she was terribly frightened all the time at the thought that it might be hungry, in which case it would be very likely to eat her up in spite of all her coaxing.

Hardly knowing what she did, she picked up a little bit of stick, and held it out to the puppy; whereupon the puppy jumped into the air off all its feet at once, with a yelp of delight, and rushed at the stick, and made believe to worry it; then Alice dodged behind a great thistle, to keep herself from being run over; and the moment she appeared on the other side, the puppy made another rush at the stick, and tumbled head over heels in its hurry to get hold of it; then Alice, thinking it was very like having a game of play with a cart-horse, and expecting every moment to be trampled under its feet, ran round the thistle again; then the puppy began a series of short charges at the stick, running

Todos correram em direção a Alice assim que a menina apareceu, mas ela fugiu o mais rápido que pôde e logo se viu segura em uma floresta densa.

— A primeira coisa que tenho a fazer — comentou Alice consigo mesma, vagando pela floresta — é voltar ao tamanho normal. E a segunda coisa é encontrar o caminho para aquele lindo jardim. Acho que é o melhor plano.

Parecia um ótimo plano, sem dúvida, e muito bem organizado. O único problema era que ela não fazia a menor ideia de como colocá-lo em prática. Ao olhar com ansiedade ao redor, entre as árvores, um pequeno latido agudo logo acima de sua cabeça fez com que Alice olhasse para cima, apressada.

Um filhote enorme a encarava com olhos grandes e redondos, estendendo uma pata de forma desajeitada na tentativa de tocá-la.

— Pobrezinho! — exclamou Alice, num tom carinhoso, tentando assobiar para ele. Mas estava terrivelmente assustada com a possibilidade de ele estar com fome, o que no caso seria bem provável que a comesse, apesar de toda a sua tentativa de agradá-lo.

Sem saber direito o que fazia, Alice pegou um gravetinho e o estendeu ao filhote. O filhote pulou no ar, levantando-se com as quatro patas ao mesmo tempo, com um ganido de alegria. Ele correu em direção ao graveto, fingindo atacá-lo, então, Alice se escondeu atrás de um grande cardo para evitar ser atropelada. Quando apareceu do outro lado, o filhote correu novamente em direção ao graveto e virou de ponta-cabeça por causa da pressa em pegá-lo. Alice, pensando que aquilo era muito parecido com brincar com um cavalo de carroça, e esperando ser pisoteada a qualquer momento, correu de novo ao redor do cardo. O filhote começou uma série de investidas curtas contra o graveto, correndo

CHAPTER V

Advice from a Caterpillar

The Caterpillar and Alice looked at each other for some time in silence: at last the Caterpillar took the hookah out of its mouth, and addressed her in a languid, sleepy voice.

"Who are *you*?" said the Caterpillar.

This was not an encouraging opening for a conversation. Alice replied, rather shyly,

"I—I hardly know, sir, just at present— at least I know who I *was* when I got up this morning, but I think I must have been changed several times since then."

"What do you mean by that?" said the Caterpillar sternly. "Explain yourself!"

CAPÍTULO V
O conselho de uma Lagarta

A Lagarta e a Alice se olharam em silêncio por um tempo. Por fim, a Lagarta tirou o narguilé da boca e se dirigiu a ela em uma voz sonolenta e lânguida.

— Quem é *você*? — indagou a Lagarta.

Esse não foi um início de conversa muito encorajador. Alice respondeu, um pouco timidamente:

— Eu… eu mal sei, senhor, no momento. Ao menos sei quem eu *era* quando me levantei hoje de manhã, mas acho que já mudei várias vezes desde então.

— O que quer dizer com isso? — perguntou a Lagarta, severamente. — Explique-se!

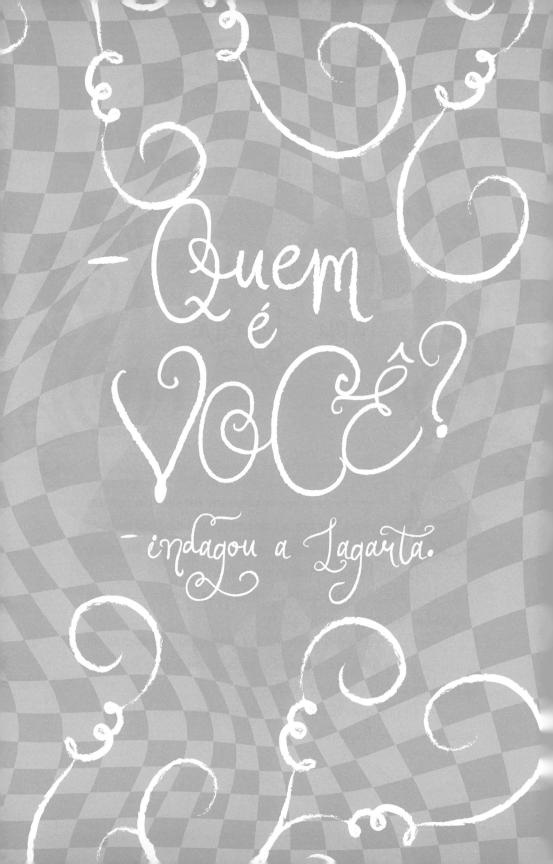

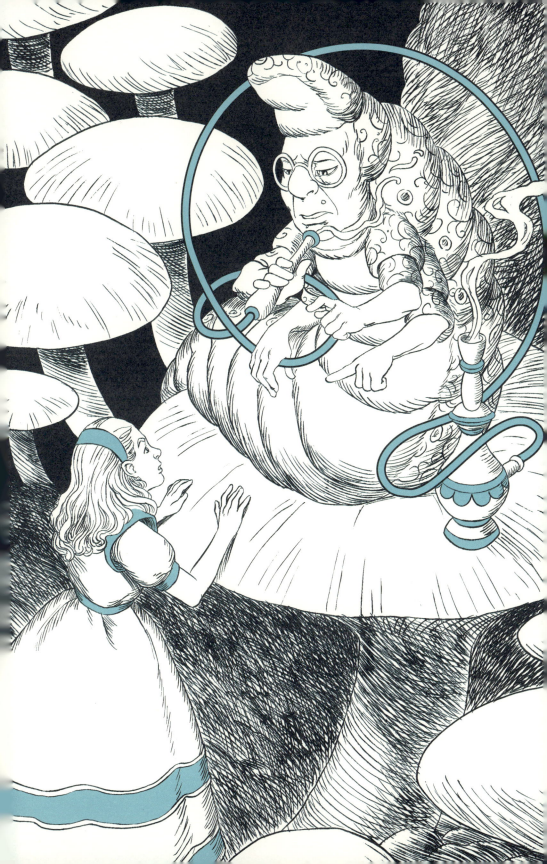

"I can't explain *myself*, I'm afraid, sir," said Alice, "because I'm not myself, you see."

"I don't see," said the Caterpillar.

"I'm afraid I can't put it more clearly," Alice replied very politely, "for I can't understand it myself to begin with; and being so many different sizes in a day is very confusing."

"It isn't," said the Caterpillar.

"Well, perhaps you haven't found it so yet," said Alice; "but when you have to turn into a chrysalis—you will some day, you know—and then after that into a butterfly, I should think you'll feel it a little queer, won't you?"

"Not a bit," said the Caterpillar.

"Well, perhaps your feelings may be different," said Alice; "all I know is, it would feel very queer to *me*."

"You!" said the Caterpillar contemptuously. "Who are *you*?"

Which brought them back again to the beginning of the conversation. Alice felt a little irritated at the Caterpillar's making such *very* short remarks, and she drew herself up and said, very gravely, "I think, you ought to tell me who *you* are, first."

"Why?" said the Caterpillar.

Here was another puzzling question; and as Alice could not think of any good reason, and as the Caterpillar seemed to be in a *very* unpleasant state of mind, she turned away.

"Come back!" the Caterpillar called after her. "I've something important to say!"

This sounded promising, certainly: Alice turned and came back again.

"Keep your temper," said the Caterpillar.

"Tu estás velho", repetiu,
"E estás gordo como o pote;
Mas faz piruetas mil,
Como pode ser tão forte?"

"Para ser ágil como um gato,
Unguento e tônico são o segredo,
Vou te vender alguns, por tato;
Podes comprar de mim sem medo."

"Tu estás velho", disse, irado,
"E comes o ganso, o bico e o osso.
Com teus dentes em frágil estado,
Qual o segredo desse almoço?"

"Eu me casei, moço e forte,
E discuti tanto com minha esposa.
Minha mandíbula hoje tem força,
Que não me acaba antes da morte."

"Tu estás velho", o jovem diz,
"Já não enxergas, de longe ou perto,
E equilibras uma enguia no nariz,
Como é que és tão esperto?"

This time Alice waited patiently until it chose to speak again. In a minute or two the Caterpillar took the hookah out of its mouth and yawned once or twice, and shook itself. Then it got down off the mushroom, and crawled away in the grass, merely remarking as it went,

"One side will make you grow taller, and the other side will make you grow shorter."

"One side of *what*? The other side of *what*?" thought Alice to herself.

"Of the mushroom," said the Caterpillar, just as if she had asked it aloud; and in another moment it was out of sight.

Alice remained looking thoughtfully at the mushroom for a minute, trying to make out which were the two sides of it; and as it was perfectly round, she found this a very difficult question. However, at last she stretched her arms round it as far as they would go, and broke off a bit of the edge with each hand.

"And now which is which?" she said to herself, and nibbled a little of the right-hand bit to try the effect: the next moment she felt a violent blow underneath her chin: it had struck her foot!

She was a good deal frightened by this very sudden change, but she felt that there was no time to be lost, as she was shrinking rapidly; so she set to work at once to eat some of the other bit. Her chin was pressed so closely against her foot, that there was hardly room to open her mouth; but she did it at last, and managed to swallow a morsel of the lefthand bit.

Dessa vez, Alice esperou com paciência até que a Lagarta decidisse voltar a falar. Em um ou dois minutos, a Lagarta tirou o narguilé da boca, bocejou uma ou duas vezes e se espreguiçou. Então desceu do cogumelo e rastejou pela grama. Ao se afastar, disse apenas:

— Um lado faz você crescer e o outro lado a faz encolher.

Um lado do quê? *O outro lado do* quê?, pensou Alice consigo mesma.

— Do cogumelo — replicou a Lagarta, como se ela tivesse perguntado em voz alta. No momento seguinte, já não estava mais à vista.

Por um minuto, Alice ficou observando o cogumelo, pensativa, e tentava descobrir quais seriam os dois lados dele. Como era perfeitamente redondo, achou uma questão bastante difícil. No entanto, por fim estendeu os braços ao redor dele o máximo que pôde e quebrou um pedaço de cada lado.

— E agora, qual é qual? — indagou ela para si mesma, e mordeu um pedacinho do pedaço da direita para testar o efeito. No momento seguinte, sentiu um golpe violento embaixo do queixo, que havia acertado seu próprio pé!

Alice ficou bastante assustada com a mudança repentina, mas sentiu que não havia tempo a perder, pois encolhia com rapidez. Então, pôs-se no mesmo instante a comer um pedacinho do outro lado. Seu queixo estava tão perto do pé que mal havia espaço para abrir a boca. Mas ela conseguiu abrir e, por fim, engoliu um pedaço do lado esquerdo.

"Come, my head's free at last!" said Alice in a tone of delight, which changed into alarm in another moment, when she found that her shoulders were nowhere to be found: all she could see, when she looked down, was an immense length of neck, which seemed to rise like a stalk out of a sea of green leaves that lay far below her.

"What *can* all that green stuff be?" said Alice. "And where *have* my shoulders got to? And oh, my poor hands, how is it I can't see you?" She was moving them about as she spoke, but no result seemed to follow, except a little shaking among the distant green leaves.

As there seemed to be no chance of getting her hands up to her head, she tried to get her head down to them, and was delighted to find that her neck would bend about easily in any direction, like a serpent. She had just succeeded in curving it down into a graceful zigzag, and was going to dive in among the leaves, which she found to be nothing but the tops of the trees under which she had been wandering, when a sharp hiss made her draw back in a hurry: a large pigeon had flown into her face, and was beating her violently with its wings.

"Serpent!" screamed the Pigeon.

"I'm *not* a serpent!" said Alice indignantly. "Let me alone!"

"Serpent, I say again!" repeated the Pigeon, but in a more subdued tone, and added with a kind of sob, "I've tried every way, and nothing seems to suit them!"

"I haven't the least idea what you're talking about," said Alice.

— Finalmente, minha cabeça está livre! — anunciou Alice, em um tom de alegria que logo se transformou em alarme, quando percebeu que seus ombros tinham desaparecido. Tudo o que ela conseguia enxergar, ao olhar para baixo, era um pescoço imensamente longo, que parecia se erguer como o caule de uma planta em um mar de folhas verdes que se estendia muito abaixo de si.

— O que *será* toda essa coisa verde? — questionou Alice.
— E *para onde* foram meus ombros? E, ah, minhas pobres mãos, por que não consigo vê-las? — Ela mexia as mãos enquanto falava, mas nada parecia acontecer, exceto um leve tremor nas folhas verdes ao longe.

Como não havia chance de alcançar a cabeça com as mãos, tentou abaixar a cabeça até os membros superiores e ficou encantada ao descobrir que seu pescoço se dobrava facilmente em qualquer direção, como o de uma serpente. Ela tinha acabado de conseguir curvá-lo em um zigue-zague gracioso e estava prestes a mergulhar entre as folhas (que descobriu serem apenas as copas das árvores por onde estava andando) quando um silvo agudo a fez recuar com agilidade. Uma grande pomba voou em seu rosto e a atacou violentamente com as asas.

— Serpente! — gritou a Pomba.

— Eu *não* sou uma serpente! — retrucou Alice, indignada. — Me deixe em paz!

— Serpente, eu repito! — insistiu a Pomba, mas com um tom mais suave, acrescentando em uma espécie de soluço: — Tentei de todas as maneiras, e nada parece lhes servir!

— Não faço a menor ideia do que você está falando — disse Alice.

"I've tried the roots of trees, and I've tried banks, and I've tried hedges," the Pigeon went on, without attending to her; "but those serpents! There's no pleasing them!"

Alice was more and more puzzled, but she thought there was no use in saying anything more till the Pigeon had finished.

"As if it wasn't trouble enough hatching the eggs," said the Pigeon; "but I must be on the look-out for serpents night and day! Why, I haven't had a wink of sleep these three weeks!"

"I'm very sorry you've been annoyed," said Alice, who was beginning to see its meaning.

"And just as I'd taken the highest tree in the wood," continued the Pigeon, raising its voice to a shriek, "and just as I was thinking I should be free of them at last, they must needs come wriggling down from the sky! Ugh, Serpent!"

"But I'm *not* a serpent, I tell you!" said Alice. "I'm a—I'm a—"

"Well! *what* are you?" said the Pigeon. "I can see you're trying to invent something!"

"I—I'm a little girl," said Alice, rather doubtfully, as she remembered the number of changes she had gone through that day.

"A likely story indeed!" said the Pigeon in a tone of the deepest contempt.

"I've seen a good many little girls in my time, but never *one* with such a neck as that! No, no! You're a serpent; and there's no use denying it. I suppose you'll be telling me next that you never tasted an egg!"

"I *have* tasted eggs, certainly," said Alice, who was a very truthful child; "but little girls eat eggs quite as much as serpents do, you know."

— Tentei as raízes das árvores, tentei barrancos, tentei cercas — continuou a Pomba, sem prestar atenção a ela. — Mas essas serpentes! Não há como agradá-las!

Alice estava cada vez mais confusa, mas achou que não adiantaria dizer mais nada até a Pomba terminar.

— Já não bastava o trabalho de chocar os ovos — disse a Pomba. — Ainda tenho que ficar de olho nas serpentes dia e noite! Não consegui pregar o olho nas últimas três semanas!

— Sinto muito por você ter sido incomodada — desculpou-se Alice, que começava a entender o que a Pomba queria dizer.

— E justo quando encontrei a árvore mais alta da floresta — continuou a Pomba, elevando a voz num grito. — Quando pensei que finalmente estaria livre delas, lá vêm elas se esgueirando do céu! Ugh, serpente!

— Mas *não* sou uma serpente, já disse! — respondeu Alice. — Eu sou uma... eu sou uma...

— Então, *o que* você é? — perguntou a Pomba. — Dá para ver que está tentando inventar alguma coisa!

— Eu... eu sou uma menina — terminou Alice, um tanto duvidosa, ao se lembrar das muitas mudanças que havia sofrido naquele dia.

— Uma história dessas é difícil de acreditar! — disse a Pomba, num tom de profundo desprezo. — Já vi muitas meninas na vida, mas *nenhuma* com um pescoço assim! Não, não! Você é uma serpente, e não adianta negar. Suponho que agora vai me dizer que nunca comeu um ovo!

— Eu *já* comi ovos, claro — esclareceu Alice, que era muito sincera. — Meninas comem ovos tanto quanto as serpentes, sabe.

"I don't believe it," said the Pigeon; "but if they do, why then they're a kind of serpent, that's all I can say."

This was such a new idea to Alice, that she was quite silent for a minute or two, which gave the Pigeon the opportunity of adding,

"You're looking for eggs, I know *that* well enough; and what does it matter to me whether you're a little girl or a serpent?"

"It matters a good deal to *me*," said Alice hastily; "but I'm not looking for eggs, as it happens; and if I was, I shouldn't want *yours*: I don't like them raw."

"Well, be off, then!" said the Pigeon in a sulky tone, as it settled down again into its nest.

Alice crouched down among the trees as well as she could, for her neck kept getting entangled among the branches, and every now and then she had to stop and untwist it. After a while she remembered that she still held the pieces of mushroom in her hands, and she set to work very carefully, nibbling first at one and then at the other, and growing sometimes taller and sometimes shorter, until she had succeeded in bringing herself down to her usual height.

It was so long since she had been anything near the right size, that it felt quite strange at first; but she got used to it in a few minutes, and began talking to herself, as usual.

"Come, there's half my plan done now! How puzzling all these changes are! I'm never sure what I'm going to be, from one minute to another! However, I've got back to my right size: the next thing is, to get into that beautiful garden—how *is* that to be done, I wonder?" As she said this, she came suddenly upon an open place, with a little house in it about four feet high. "Whoever

— Não acredito nisso — retrucou a Pomba. — Mas, se elas comem, então são um tipo de serpente, isso é o que posso dizer.

Essa era uma ideia tão nova para Alice que ela ficou em silêncio por um ou dois minutos, o que deu à Pomba a oportunidade de acrescentar:

— Você está procurando ovos, sei bem *disso*. E que diferença faz para mim se você é uma menina ou uma serpente?

— Faz muita diferença para *mim* — disse Alice rapidamente. — Mas por acaso eu não estou procurando ovos. E, se estivesse, não iria querer os *seus*. Não gosto de ovos crus.

— Muito bem, então vá embora! — disse a Pomba, em um tom rabugento, enquanto se acomodava de novo em seu ninho.

Alice se agachou entre as árvores da maneira como pôde, pois seu pescoço continuava se enroscando nos galhos, e de vez em quando ela tinha de parar e desenrolá-lo. Depois de certo tempo, lembrou-se de que ainda segurava os pedaços de cogumelo nas mãos e começou a comê-los com muito cuidado, alternando entre um pedaço e outro, ficando ora mais alta, ora mais baixa, até conseguir voltar ao seu tamanho normal.

Já fazia tanto tempo desde a última vez que ela tinha estado em um tamanho próximo à sua altura correta que pareceu bem estranho no início. Mas ela logo se acostumou e começou a conversar consigo mesma, como de costume:

— Bem, já fiz metade do meu plano! Que confusão são todas essas mudanças! Nunca sei o que vou ser de um minuto para o outro! No entanto, voltei ao meu tamanho certo. A próxima coisa é entrar naquele lindo jardim… Como será que faço isso? — Ao dizê-lo, deparou-se de repente com um lugar aberto, onde havia uma pequena casa com cerca de um metro e vinte de altura. *Quem*

CHAPTER VI

Pig and Pepper

For a minute or two she stood looking at the house, and wondering what to do next, when suddenly a footman in livery came running out of the wood—(she considered him to be a footman because he was in livery: otherwise, judging by his face only, she would have called him a fish)—and rapped loudly at the door with his knuckles. It was opened by another footman in livery, with a round face, and large eyes like a frog; and both footmen, Alice noticed, had powdered hair that curled all over their heads. She felt very curious to know what it was all about, and crept a little way out of the wood to listen.

CAPÍTULO VI

Porco com pimenta

Por um ou dois minutos, Alice ficou olhando para a casa, pensando no que fazer, até que de repente um lacaio, vestido com uma libré, saiu correndo da floresta. Ela o considerou um lacaio porque usava libré; caso contrário, apenas julgando pelo rosto, ela o teria chamado de peixe. Ele bateu com os nós dos dedos na porta com força. A porta foi aberta por outro lacaio, também em libré, com um rosto redondo e olhos grandes como os de um sapo. Alice notou que ambos tinham cabelos empoados que se enrolavam por toda a cabeça. Muito curiosa para saber do que se tratava, Alice esgueirou-se um pouco para fora da floresta a fim de escutar.

The Fish-Footman began by producing from under his arm a great letter, nearly as large as himself, and this he handed over to the other, saying, in a solemn tone,

"For the Duchess. An invitation from the Queen to play croquet."

The Frog-Footman repeated, in the same solemn tone, only changing the order of the words a little,

"From the Queen. An invitation for the Duchess to play croquet."

Then they both bowed low, and their curls got entangled together.

Alice laughed so much at this, that she had to run back into the wood for fear of their hearing her; and when she next peeped out the Fish-Footman was gone, and the other was sitting on the ground near the door, staring stupidly up into the sky.

Alice went timidly up to the door, and knocked.

"There's no sort of use in knocking," said the Footman, "and that for two reasons. First, because I'm on the same side of the door as you are; secondly, because they're making such a noise inside, no one could possibly hear you." And certainly there was a most extraordinary noise going on within—a constant howling and sneezing, and every now and then a great crash, as if a dish or kettle had been broken to pieces.

"Please, then," said Alice, "how am I to get in?"

"There might be some sense in your knocking," the Footman went on without attending to her, "if we had the door between us. For instance, if you were *inside*, you might knock, and I could let you out, you know." He was looking up into the sky all the time he was speaking, and this Alice thought decidedly uncivil.

O Lacaio-Peixe retirou uma grande carta de baixo do braço, quase do seu tamanho, e a entregou ao outro, anunciando em um tom solene:

— É para a Duquesa. Um convite da Rainha para jogar croqué.

O Lacaio-Sapo repetiu, no mesmo tom solene, apenas mudando um pouco a ordem das palavras:

— Da Rainha. Um convite para a Duquesa jogar croqué.

Então ambos fizeram uma reverência, e seus cachos se enroscaram uns nos outros.

Alice riu tanto disso que teve de correr de volta à floresta, com medo de que a ouvissem. Quando espiou novamente, o Lacaio-Peixe já havia partido, e o outro estava sentado no chão perto da porta, olhando morosamente para o céu.

Alice foi até a porta, tímida, e bateu.

— Não adianta nada bater — declarou o Lacaio. — E por duas razões. Primeiro, porque estou do mesmo lado da porta que você. Segundo, porque estão fazendo tanto barulho lá dentro que ninguém poderia ouvi-la. — Decerto havia um barulho extraordinário vindo ali de dentro. Uma mistura constante de gritos e espirros, e de vez em quando um estrondo massivo, como se um prato ou chaleira tivesse sido quebrado em mil pedaços.

— Por favor, então — disse Alice. — Como posso entrar?

— Talvez fizesse sentido você bater — continuou o Lacaio sem prestar atenção a ela, — se houvesse uma porta entre nós. Por exemplo, se você estivesse *dentro*, poderia bater, e eu poderia deixá-la sair, entende? — Ele olhava o tempo todo para o céu enquanto falava, e Alice achou isso muito grosseiro.

"But perhaps he can't help it," she said to herself; "his eyes are so *very* nearly at the top of his head. But at any rate he might answer questions."

"—How am I to get in?" she repeated, aloud.

"I shall sit here," the Footman remarked, "till tomorrow—"

At this moment the door of the house opened, and a large plate came skimming out, straight at the Footman's head: it just grazed his nose, and broke to pieces against one of the trees behind him.

"—or next day, maybe," the Footman continued in the same tone, exactly as if nothing had happened.

"How am I to get in?" asked Alice again, in a louder tone.

"*Are* you to get in at all?" said the Footman. "That's the first question, you know."

It was, no doubt: only Alice did not like to be told so. "It's really dreadful," she muttered to herself, "the way all the creatures argue. It's enough to drive one crazy!"

The Footman seemed to think this a good opportunity for repeating his remark, with variations.

"I shall sit here," he said, "on and off, for days and days."

"But what am I to do?" said Alice.

"Anything you like," said the Footman, and began whistling.

"Oh, there's no use in talking to him," said Alice desperately: "he's perfectly idiotic!" And she opened the door and went in.

— Mas talvez ele não possa evitar — disse ela para si mesma. — Seus olhos estão *quase* no topo da cabeça. Mas, de qualquer forma, poderia responder às perguntas.

— Como faço para entrar? — ela repetiu em voz alta.

— Vou ficar sentado aqui — comentou o Lacaio — até amanhã.

Nesse momento, a porta da casa se abriu e um grande prato foi arremessado para fora, direto na cabeça do Lacaio. Ele passou raspando no nariz e se estilhaçou contra uma árvore atrás dele.

— Ou talvez até o dia seguinte — continuou o Lacaio no mesmo tom, como se nada tivesse acontecido.

— Como faço para entrar? — perguntou Alice novamente, em um tom mais alto.

— Você *tem* que entrar? — disse o Lacaio. — Esta é a primeira pergunta, sabe.

Sem dúvida, era mesmo, mas Alice não gostou nada de ser informada disso.

— É realmente horrível — murmurou para si mesma — a maneira como todas essas criaturas argumentam. É o suficiente para deixar qualquer um maluco!

O Lacaio pareceu achar que essa era uma boa oportunidade para repetir seu comentário, com variações.

— Vou ficar sentado aqui — disse ele — por dias e dias.

— Mas o que devo fazer? — disse Alice.

— O que quiser — respondeu o Lacaio, e começou a assobiar.

— Ah, não adianta falar com ele — concluiu Alice, desesperada. — Ele é completamente idiota! — E então abriu a porta e entrou.

The door led right into a large kitchen, which was full of smoke from one end to the other: the Duchess was sitting on a three-legged stool in the middle, nursing a baby; the cook was leaning over the fire, stirring a large cauldron which seemed to be full of soup.

"There's certainly too much pepper in that soup!" Alice said to herself, as well as she could for sneezing.

There was certainly too much of it in the air. Even the Duchess sneezed occasionally; and as for the baby, it was sneezing and howling alternately without a moment's pause. The only things in the kitchen that did not sneeze, were the cook, and a large cat which was sitting on the hearth and grinning from ear to ear.

"Please would you tell me," said Alice, a little timidly, for she was not quite sure whether it was good manners for her to speak first, "why your cat grins like that?"

"It's a Cheshire cat," said the Duchess, "and that's why. Pig!"

She said the last word with such sudden violence that Alice quite jumped; but she saw in another moment that it was addressed to the baby, and not to her, so she took courage, and went on again:—

"I didn't know that Cheshire cats always grinned; in fact, I didn't know that cats *could* grin."

"They all can," said the Duchess; "and most of 'em do."

"I don't know of any that do," Alice said very politely, feeling quite pleased to have got into a conversation.

"You don't know much," said the Duchess; "and that's a fact."

A porta dava diretamente em uma grande cozinha, cheia de fumaça de ponta a ponta. A Duquesa estava sentada em um banquinho de três pernas no centro, segurando um bebê. A cozinheira estava curvada sobre o fogo, mexendo um grande caldeirão que parecia cheio de sopa.

— Certamente há pimenta demais nesta sopa! — comentou Alice para si mesma, mal conseguindo respirar por causa dos espirros.

De fato, havia pimenta demais no ar. Até a Duquesa espirrava ocasionalmente. Já o bebê espirrava e chorava de maneira alternada, sem parar. Os únicos que não espirravam eram a cozinheira e um grande gato que estava sentado na lareira, sorrindo de orelha a orelha.

— Por favor, poderia me dizer — começou Alice com timidez, pois não tinha certeza se seria de bom tom falar primeiro —, por que seu gato sorri assim?

— É um Gato de Cheshire — respondeu a Duquesa —, e é por isso. Porco!

Ela disse a última palavra com tanta violência que Alice deu um salto. Mas logo percebeu que se dirigia ao bebê, e não a ela, então tomou coragem e continuou:

— Eu não sabia que os gatos de Cheshire sempre sorriam. Na verdade, eu nem sabia que gatos *conseguiam* sorrir.

— Todos conseguem — disse a Duquesa. — E a maioria deles o faz.

— Não conheço nenhum que sorria — argumentou Alice muito educadamente, feliz por ter iniciado uma conversa.

— Você não conhece muita coisa — respondeu a Duquesa.

— E isso é um fato.

Alice did not at all like the tone of this remark, and thought it would be as well to introduce some other subject of conversation. While she was trying to fix on one, the cook took the cauldron of soup off the fire, and at once set to work throwing everything within her reach at the Duchess and the baby —the fire-irons came first; then followed a shower of saucepans, plates, and dishes. The Duchess took no notice of them even when they hit her; and the baby was howling so much already, that it was quite impossible to say whether the blows hurt it or not.

"Oh, *please* mind what you're doing!" cried Alice, jumping up and down in an agony of terror. "Oh, there goes his *precious* nose"; as an unusually large saucepan flew close by it, and very nearly carried it off.

"If everybody minded their own business," the Duchess said in a hoarse growl, "the world would go round a deal faster than it does."

"Which would *not* be an advantage," said Alice, who felt very glad to get an opportunity of showing off a little of her knowledge. "Just think of what work it would make with the day and night! You see the earth takes twenty-four hours to turn round on its axis—"

"Talking of axes," said the Duchess, "chop off her head!"

Alice glanced rather anxiously at the cook, to see if she meant to take the hint; but the cook was busily stirring the soup, and seemed not to be listening, so she went on again: "Twenty-four hours, I *think*; or is it twelve? I—"

"Oh, don't bother *me*," said the Duchess; "I never could abide figures!" And with that she began nursing her child again, singing a sort of lullaby to it as she did so, and giving it a violent shake at the end of every line:

Alice não gostou nem um pouco do tom do comentário e achou que seria melhor mudar de assunto. Enquanto pensava em algo para dizer, a cozinheira tirou o caldeirão de sopa do fogo e começou a atirar tudo o que estava ao seu alcance na Duquesa e no bebê — primeiro vieram os utensílios de ferro, depois uma chuva de panelas, pratos e travessas. A Duquesa não parecia se importar, mesmo quando era atingida, e o bebê chorava tanto que não dava para saber se os golpes o machucavam ou não.

— *Por favor*, tome cuidado com o que está fazendo! — gritou Alice, pulando de terror. — Oh, lá se vai o *narizinho* dele! — declarou, quando uma panela enorme passou raspando e quase arrancou o nariz do bebê.

— Se todos cuidassem da própria vida — rosnou a Duquesa —, o mundo giraria muito com mais rapidez.

— E isso *não* seria vantagem alguma — disse Alice, contente por ter a oportunidade de mostrar um pouco de seu conhecimento. — Imagine o problema que isso causaria com o dia e a noite! Veja, a Terra leva vinte e quatro horas para dar uma volta completa em seu eixo…

— Falando em eixos — disse a Duquesa —, cortem-lhe a cabeça!

Alice olhou ansiosamente para a cozinheira, para ver se ela pretendia seguir a ordem, mas a cozinheira estava ocupada mexendo a sopa e parecia não ouvir, então Alice continuou:

— Vinte e quatro horas, *acho*. Ou seriam doze? Eu…

— Oh, não *me* incomode — falou a Duquesa. — Nunca suportei os números! — E com isso, começou a balançar o bebê de novo, ao mesmo tempo entoando uma espécie de canção de ninar, e sacudindo-o violentamente no final de cada verso:

Speak roughly to your little boy,
And beat him when he sneezes:
He only does it to annoy,
Because he knows it teases.

CHORUS

(In which the cook and the baby joined):—
"Wow! Wow! Wow!"

While the Duchess sang the second verse of the song, she kept tossing the baby violently up and down, and the poor little thing howled so, that Alice could hardly hear the words:—

I speak severely to my boy,
I beat him when he sneezes;
For he can thoroughly enjoy
The pepper when he pleases!

CHORUS

"Wow! Wow! Wow!"

"Here! you may nurse it a bit, if you like!" the Duchess said to Alice, flinging the baby at her as she spoke. "I must go and get ready to play croquet with the Queen," and she hurried out of the room. The cook threw a frying-pan after her as she went out, but it just missed her.

Alice caught the baby with some difficulty, as it was a queer-shaped little creature, and held out its arms and legs in all directions, "just like a star-fish," thought Alice.

Grite com seu filho, pode berrar,
E bata nele quando espirrar:
Ele faz isso para irritar,
Pois sabe que a vai provocar.

REFRÃO
No qual a cozinheira e o bebê se juntaram:
— Uau! Uau! Uau!

Enquanto a Duquesa cantava o segundo verso, continuava jogando o bebê para cima e para baixo de modo violento, e o pobre coitadinho gritava tanto que Alice mal conseguia ouvir as palavras:

Com meu menininho vou gritar,
Bato mesmo nele se espirrar;
Pois sei que ele vai adorar
A pimenta se assim desejar!

REFRÃO
— Uau! Uau! Uau!

— Aqui! Você pode cuidar dele um pouco, se quiser! — disse a Duquesa a Alice, jogando-lhe o bebê enquanto falava. — Preciso ir me preparar para jogar croqué com a Rainha. — E saiu apressada da sala. A cozinheira jogou uma frigideira nela, mas errou por pouco.

Alice pegou o bebê com certa dificuldade, pois era uma criatura de formato estranho, com os braços e pernas estendidos em todas as direções. *Como uma estrela-do-mar*, pensou Alice.

The poor little thing was snorting like a steam-engine when she caught it, and kept doubling itself up and straightening itself out again, so that altogether, for the first minute or two, it was as much as she could do to hold it.

As soon as she had made out the proper way of nursing it, (which was to twist it up into a sort of knot, and then keep tight hold of its right ear and left foot, so as to prevent its undoing itself,) she carried it out into the open air.

"*If* I don't take this child away with me," thought Alice, "they're sure to kill it in a day or two: wouldn't it be murder to leave it behind?" She said the last words out loud, and the little thing grunted in reply (it had left off sneezing by this time). "Don't grunt," said Alice; "that's not at all a proper way of expressing yourself."

The baby grunted again, and Alice looked very anxiously into its face to see what was the matter with it. There could be no doubt that it had a *very* turn-up nose, much more like a snout than a real nose; also its eyes were getting extremely small for a baby: altogether Alice did not like the look of the thing at all.

"But perhaps it was only sobbing," she thought, and looked into its eyes again, to see if there were any tears. No, there were no tears.

"If you're going to turn into a pig, my dear," said Alice, seriously, "I'll have nothing more to do with you. Mind now!" The poor little thing sobbed again (or grunted, it was impossible to say which), and they went on for some while in silence.

O pobre coitadinho estava bufando como uma locomotiva quando ela o pegou, e continuava se encolhendo e esticando novamente, de modo que nos primeiros minutos o máximo que Alice conseguiu fazer foi mantê-lo nos braços.

Assim que descobriu a maneira certa de segurá-lo, que era enrolá-lo como um nó e segurar firme sua orelha direita e seu pé esquerdo para evitar que se desfizesse, ela o levou para fora, ao ar livre.

Se *eu não levar esta criança comigo*, pensou Alice, *eles com certeza a matarão em um ou dois dias. Não seria assassinato deixá-la para trás?* Ela proferiu as últimas palavras em voz alta, e a criaturazinha rosnou em resposta (já havia parado de espirrar).

— Não rosne — repreendeu-o Alice. — Isso não é um modo adequado de se expressar.

O bebê rosnou outra vez, e Alice olhou ansiosamente para o rosto dele a fim de ver o que havia de errado. Não restavam dúvidas de que ele tinha nariz *bem* arrebitado, mais parecido com um focinho do que com um nariz de verdade. Além disso, seus olhos estavam ficando muito pequenos para um bebê. No geral, Alice não gostou nada da aparência da criatura.

Mas talvez estivesse apenas soluçando, ela pensou, e fitou-o novamente nos olhos para averiguar se havia lágrimas.

Não, não havia lágrimas.

— Se vai se transformar em um porco, querido — pontuou Alice com seriedade —, não terei mais nada a ver com você. Entendeu? — A pobre criaturazinha soluçou de novo (ou rosnou, não dava para determinar o que era), e então continuaram por um tempo em silêncio.

"Oh, you're sure to do that," said the Cat, "if you only walk long enough."

Alice felt that this could not be denied, so she tried another question. "What sort of people live about here?"

"In *that* direction," the Cat said, waving its right paw round, "lives a Hatter: and in *that* direction," waving the other paw, "lives a March Hare. Visit either you like: they're both mad."

"But I don't want to go among mad people," Alice remarked.

"Oh, you can't help that," said the Cat: "we're all mad here. I'm mad. You're mad."

"How do you know I'm mad?" said Alice.

"You must be," said the Cat, "or you wouldn't have come here."

Alice didn't think that proved it at all; however, she went on, "And how do you know that you're mad?"

"To begin with," said the Cat, "a dog's not mad. You grant that?"

"I suppose so," said Alice.

"Well, then," the Cat went on, "you see, a dog growls when it's angry, and wags its tail when it's pleased. Now I growl when I'm pleased, and wag my tail when I'm angry. Therefore I'm mad."

"I call it purring, not growling," said Alice.

"Call it what you like," said the Cat. "Do you play croquet with the Queen to-day?"

— Oh, você certamente vai chegar — replicou o Gato. — Se caminhar por tempo suficiente.

Alice percebeu que a afirmação era inegável, então tentou outra pergunta:

— Que tipo de pessoas vivem por aqui?

— *Naquela* direção — o Gato apontou com a pata direita —, vive um Chapeleiro. E *naquela* direção — apontou com a outra pata —, vive uma Lebre de Março. Visite quem você quiser, ambos são malucos.

— Mas não quero andar entre gente maluca — observou Alice.

— Oh, não dá para evitar isso — interveio o Gato. — Somos todos malucos aqui. Eu sou maluco. Você é maluca.

— Como sabe que sou maluca? — indagou Alice.

— Você deve ser — concluiu o Gato. — Ou não teria vindo aqui.

Alice não achou que isso provava muita coisa. No entanto, continuou:

— E como você sabe que é maluco?

— Para começar — disse o Gato —, um cachorro não é maluco. Você concorda com isso?

— Acho que sim — replicou Alice.

— Certo, então — continuou o Gato. — Veja bem, um cachorro rosna quando está bravo e abana o rabo quando está contente. Agora, eu rosno quando estou contente e abano o rabo quando estou bravo. Portanto, sou maluco.

— Chamo isso de ronronar, não de rosnar — corrigiu Alice.

— Chame como quiser — respondeu o Gato. — Vai jogar croqué com a Rainha hoje?

"I should like it very much," said Alice, "but I haven't been invited yet."

"You'll see me there," said the Cat, and vanished.

Alice was not much surprised at this, she was getting so used to queer things happening. While she was looking at the place where it had been, it suddenly appeared again.

"By-the-bye, what became of the baby?" said the Cat. "I'd nearly forgotten to ask."

"It turned into a pig," Alice quietly said, just as if it had come back in a natural way.

"I thought it would," said the Cat, and vanished again.

Alice waited a little, half expecting to see it again, but it did not appear, and after a minute or two she walked on in the direction in which the March Hare was said to live.

"I've seen hatters before," she said to herself; "the March Hare will be much the most interesting, and perhaps as this is May it won't be raving mad—at least not so mad as it was in March." As she said this, she looked up, and there was the Cat again, sitting on a branch of a tree.

"Did you say pig, or fig?" said the Cat.

"I said pig," replied Alice; "and I wish you wouldn't keep appearing and vanishing so suddenly: you make one quite giddy."

"All right," said the Cat; and this time it vanished quite slowly, beginning with the end of the tail, and ending with the grin, which remained some time after the rest of it had gone.

— Eu gostaria muito — disse Alice —, mas ainda não fui convidada.

— Você vai me ver lá — contou o Gato, e desapareceu.

Alice não ficou muito surpresa com isso. Ela já estava se acostumando com a ocorrência de coisas estranhas. Enquanto olhava para o lugar onde ele estivera, o gato reapareceu de repente.

— A propósito, o que aconteceu com o bebê? — perguntou o Gato. — Quase me esqueci de perguntar.

— Ele se transformou em um porco — explicou Alice com tranquilidade, como se isso fosse completamente normal.

— Assim como eu imaginava — concluiu o Gato, e desapareceu outra vez.

Alice aguardou um pouco, meio que esperando que ele aparecesse de novo, mas como isso não aconteceu, seguiu o caminho até onde a Lebre de Março supostamente vivia.

— Já vi chapeleiros antes — disse para si mesma. — A Lebre de Março será muito mais interessante e, talvez, como agora é maio, ela não esteja tão maluca assim… Pelo menos não tão maluca quanto em março. — Conforme o dizia, olhou para cima, e lá estava o Gato novamente, sentado em um galho.

— Você disse "porco" ou "coco"? — perguntou o Gato.

— Eu disse "porco" — respondeu Alice. — E gostaria que você parasse de aparecer e desaparecer tão de repente. Isso me deixa zonza.

— Muito bem — falou o Gato, e desta vez desapareceu lentamente, começando pelo fim da cauda e terminando com o sorriso, que permaneceu por certo tempo depois que o restante dele desapareceu.

"Well! I've often seen a cat without a grin," thought Alice; "but a grin without a cat! It's the most curious thing I ever saw in my life!"

She had not gone much farther before she came in sight of the house of the March Hare: she thought it must be the right house, because the chimneys were shaped like ears and the roof was thatched with fur. It was so large a house, that she did not like to go nearer till she had nibbled some more of the lefthand bit of mushroom, and raised herself to about two feet high: even then she walked up towards it rather timidly, saying to herself,

"Suppose it should be raving mad after all! I almost wish I'd gone to see the Hatter instead!"

Bem! Já vi muitas vezes um gato sem sorriso, pensou Alice. *Mas um sorriso sem um gato! Isso é a coisa mais curiosa que já vi em toda a minha vida!*

Ela não andou muito mais antes de avistar a casa da Lebre de Março. Achou que devia ser a casa certa, pois as chaminés tinham formato de orelhas e o telhado era coberto de pelo. Era uma casa tão grande que ela não quis se aproximar antes de dar mais uma mordida no pedaço do cogumelo da esquerda, e crescer até ter cerca de sessenta centímetros de altura. Mesmo assim, aproximou-se da casa com certa timidez, dizendo para si mesma:

— E se ela estiver completamente maluca? Na verdade, eu queria mesmo era ter ido ver o Chapeleiro.

CHAPTER VII

A Mad Tea-Party

There was a table set out under a tree in front of the house, and the March Hare and the Hatter were having tea at it: a Dormouse was sitting between them, fast asleep, and the other two were using it as a cushion, resting their elbows on it, and talking over its head.

"Very uncomfortable for the Dormouse," thought Alice; "only, as it's asleep, I suppose it doesn't mind."

The table was a large one, but the three were all crowded together at one corner of it:

"No room! No room!" they cried out when they saw Alice coming.

CAPÍTULO VII

Um chá de malucos

Havia uma mesa posta sob uma árvore em frente à casa, e a Lebre de Março e o Chapeleiro tomavam chá nela. Um arganaz estava deitado entre eles, profundamente adormecido. Os dois o usavam como almofada, apoiando os cotovelos nele e conversando sobre sua cabeça.

Muito desconfortável para o arganaz, pensou Alice. *Mas, como ele está dormindo, imagino que não se importe.*

A mesa era grande, mas os três estavam todos apertados em um dos cantos dela.

— Não tem espaço! Não tem espaço! — gritaram quando viram Alice se aproximando.

"There's *plenty* of room!" said Alice indignantly, and she sat down in a large arm-chair at one end of the table.

"Have some wine," the March Hare said in an encouraging tone.

Alice looked all round the table, but there was nothing on it but tea. "I don't see any wine," she remarked.

"There isn't any," said the March Hare.

"Then it wasn't very civil of you to offer it," said Alice angrily.

"It wasn't very civil of you to sit down without being invited," said the March Hare.

"I didn't know it was *your* table," said Alice; "it's laid for a great many more than three."

"Your hair wants cutting," said the Hatter. He had been looking at Alice for some time with great curiosity, and this was his first speech.

"You should learn not to make personal remarks," Alice said with some severity; "it's very rude."

The Hatter opened his eyes very wide on hearing this; but all he *said* was,

"Why is a raven like a writing-desk?"

"Come, we shall have some fun now!" thought Alice. "I'm glad they've begun asking riddles.—

I believe I can guess that," she added aloud.

"Do you mean that you think you can find out the answer to it?" said the March Hare.

"Exactly so," said Alice.

— Há *muito* espaço! — rebateu Alice, indignada, e sentou-se numa poltrona grande em uma das extremidades da mesa.

— Tome um pouco de vinho — sugeriu a Lebre de Março num tom encorajador.

Alice procurou ao redor da mesa, mas não havia nada além de chá.

— Não vejo nenhum vinho — ela observou.

— Não tem vinho — disse a Lebre de Março.

— Então não foi muito educado da sua parte oferecê-lo — retrucou Alice, irritada.

— Não foi muito educado da sua parte sentar-se sem ser convidada — rebateu a Lebre de Março.

— Eu não sabia que era *sua* mesa — comentou Alice. — Ela está posta para muito mais do que três pessoas.

— Seu cabelo está pedindo para ser cortado — pontuou o Chapeleiro. Ele observara Alice por algum tempo com intensa curiosidade, e esta foi a primeira coisa que disse.

— Você deveria aprender a não falar mal das pessoas — respondeu Alice com alguma severidade. — É muito rude.

O Chapeleiro abriu muito os olhos ao ouvir isso, mas tudo o que ele disse foi:

— Por que um corvo se parece com uma escrivaninha?

Isso, vamos nos divertir agora!, pensou Alice. *Que bom que começaram a fazer charadas.*

— Acho que posso adivinhar esta — acrescentou em voz alta.

— Quer dizer que acha que pode descobrir a resposta? — questionou a Lebre de Março.

— Exatamente — confirmou Alice.

"It was the *best* butter," the March Hare meekly replied.

"Yes, but some crumbs must have got in as well," the Hatter grumbled: "you shouldn't have put it in with the bread-knife."

The March Hare took the watch and looked at it gloomily: then he dipped it into his cup of tea, and looked at it again: but he could think of nothing better to say than his first remark,

"It was the *best* butter, you know."

Alice had been looking over his shoulder with some curiosity.

"What a funny watch!" she remarked. "It tells the day of the month, and doesn't tell what o'clock it is!"

"Why should it?" muttered the Hatter. "Does *your* watch tell you what year it is?"

"Of course not," Alice replied very readily: "but that's because it stays the same year for such a long time together."

"Which is just the case with *mine*," said the Hatter.

Alice felt dreadfully puzzled. The Hatter's remark seemed to have no sort of meaning in it, and yet it was certainly English.

"I don't quite understand you," she said, as politely as she could.

"The Dormouse is asleep again," said the Hatter, and he poured a little hot tea upon its nose.

The Dormouse shook its head impatiently, and said, without opening its eyes, "Of course, of course; just what I was going to remark myself."

— Era a *melhor* manteiga — respondeu mansamente a Lebre de Março.

— Sim, mas alguns farelos também devem ter entrado — resmungou o Chapeleiro. — Você não devia ter colocado com a faca de pão.

A Lebre de Março pegou o relógio e fitou-o com tristeza. Então o mergulhou na xícara de chá, e o olhou novamente, mas não conseguiu pensar em nada melhor para dizer do que o que já havia mencionado:

— Era a *melhor* manteiga, sabe.

Alice espiava por cima do ombro dele com certa curiosidade.

— Que relógio engraçado! — ela observou. — Ele indica o dia do mês, e não que horas são!

— Por que deveria? — murmurou o Chapeleiro. — *Seu* relógio diz que ano é?

— Claro que não — Alice respondeu prontamente. — Mas é porque ele permanece no mesmo ano por tanto tempo.

— É exatamente o caso com o *meu* — explicou o Chapeleiro.

Alice se sentiu terrivelmente confusa. O comentário do Chapeleiro parecia não fazer sentido algum, mas ele certamente estava falando a mesma língua que ela.

— Eu não o entendo muito bem — a menina disse o mais educadamente que pôde.

— O Arganaz está dormindo de novo — disse o Chapeleiro, derramando um pouco de chá quente em seu nariz.

O Arganaz balançou a cabeça com impaciência e disse, sem abrir os olhos:

— É claro, é claro. Era exatamente o que eu estava prestes a comentar.

"Have you guessed the riddle yet?" the Hatter said, turning to Alice again.

"No, I give it up," Alice replied: "what's the answer?"

"I haven't the slightest idea," said the Hatter.

"Nor I," said the March Hare.

Alice sighed wearily.

"I think you might do something better with the time," she said, "than waste it in asking riddles that have no answers."

"If you knew Time as well as I do," said the Hatter, "you wouldn't talk about wasting *it*. It's *him*."

"I don't know what you mean," said Alice.

"Of course you don't!" the Hatter said, tossing his head contemptuously. "I dare say you never even spoke to Time!"

"Perhaps not," Alice cautiously replied: "but I know I have to beat time when I learn music."

"Ah! That accounts for it," said the Hatter. "He won't stand beating. Now, if you only kept on good terms with him, he'd do almost anything you liked with the clock. For instance, suppose it were nine o'clock in the morning, just time to begin lessons: you'd only have to whisper a hint to Time, and round goes the clock in a twinkling! Half-past one, time for dinner!"

("I only wish it was," the March Hare said to itself in a whisper.)

"That would be grand, certainly," said Alice thoughtfully: "but then—I shouldn't be hungry for it, you know."

— Já adivinhou a charada? — disse o Chapeleiro, voltando-se novamente para Alice.

— Não, desisto — Alice respondeu. — Qual é a resposta?

— Não faço a menor ideia — disse o Chapeleiro.

— Nem eu — concordou a Lebre de Março.

Alice suspirou, cansada.

— Acho que vocês poderiam fazer algo melhor com seu tempo — ela disse. — Em vez de desperdiçá-lo com charadas que não têm respostas.

— Se você conhecesse o Tempo tão bem quanto eu — respondeu o Chapeleiro —, não falaria em desperdiçá-lo como uma *coisa*. Ele é uma *pessoa*.

— Não sei o que você quer dizer — disse Alice.

— Claro que não! — rebateu o Chapeleiro, jogando a cabeça com desdém. — Atrevo-me a dizer que você nunca falou com o Tempo!

— Talvez não — Alice respondeu com cautela. — Mas sei que tenho de tocar no tempo quando aprendo música.

— Ah! Isso explica, então — concluiu o Chapeleiro. — Ele não suporta ser tocado. Mas se você mantivesse uma boa relação com ele, ele faria quase tudo o que você quisesse com o relógio. Por exemplo, suponhamos que fossem nove horas da manhã, bem na hora de começar as aulas. Você só precisaria sussurrar sugestivamente para o Tempo, e o relógio giraria num piscar de olhos! Meio-dia e meia, hora do almoço!

— Quem dera se fosse assim — sussurrou a Lebre de Março para si mesma.

— Isso seria grandioso, com certeza — observou Alice, pensativa. — Mas então eu não estaria com fome suficiente, sabe.

"Not at first, perhaps," said the Hatter: "but you could keep it to half-past one as long as you liked."

"Is that the way *you* manage?" Alice asked.

The Hatter shook his head mournfully. "Not I!" he replied. "We quarrelled last March—just before *he* went mad, you know—" (pointing with his tea spoon at the March Hare,) "—it was at the great concert given by the Queen of Hearts, and I had to sing,

Twinkle, twinkle, little bat!
How I wonder what you're at!

"You know the song, perhaps?"

"I've heard something like it," said Alice.

"It goes on, you know," the Hatter continued, "in this way:—

Up above the world you fly,
Like a tea-tray in the sky.
Twinkle, twinkle—

Here the Dormouse shook itself, and began singing in its sleep

"*Twinkle, twinkle, twinkle, twinkle—*" and went on so long that they had to pinch it to make it stop.

"Well, I'd hardly finished the first verse," said the Hatter, "when the Queen jumped up and bawled out, 'He's murdering the time! Off with his head!'"

"How dreadfully savage!" exclaimed Alice.

"And ever since that," the Hatter went on in a mournful tone, "he won't do a thing I ask! It's always six o'clock now."

A bright idea came into Alice's head.

"Is that the reason so many tea-things are put out here?" she asked.

— Não no começo, talvez — disse o Chapeleiro. — Mas você poderia mantê-lo em meio-dia e meia pelo tempo que quisesse.

— É assim que *você* faz? — Alice perguntou.

O Chapeleiro balançou a cabeça tristemente.

— Não eu! — ele respondeu. — Nós brigamos em março passado, logo antes de ele ficar maluco, sabe... — Apontou com sua colher de chá para a Lebre de Março. — Foi no grande concerto dado pela Rainha de Copas, e tive de cantar.

Brilha, brilha, morceguinho,
Me pergunto qual o seu caminho!

— Você conhece a canção, talvez?

— Já ouvi algo assim — comentou Alice.

— Ela continua, sabe — continuou o Chapeleiro — assim:
Você voa, em cima do céu, lá,
Como uma bandeja de chá.
Brilha, brilha...

Aqui o Arganaz se sacudiu e começou a cantar em seu sono:

— Brilha, brilha, brilha, brilha... — E continuou por tanto tempo que tiveram de beliscá-lo para fazê-lo parar.

— Bom, eu mal havia terminado o primeiro verso — disse o Chapeleiro — quando a Rainha pulou e gritou: "Ele está acabando com o tempo! Cortem-lhe a cabeça!".

— Mas que selvageria! — exclamou Alice.

— E, desde então — continuou o Chapeleiro num tom lamentoso —, ele não faz nada que eu peça! Agora são sempre seis horas.

Uma ideia brilhante surgiu na cabeça de Alice.

— É por isso que tantos itens de chá estão postos aqui? — ela perguntou.

"Yes, that's it," said the Hatter with a sigh: "it's always tea-time, and we've no time to wash the things between whiles."

"Then you keep moving round, I suppose?" said Alice.

"Exactly so," said the Hatter: "as the things get used up."

"But what happens when you come to the beginning again?" Alice ventured to ask.

"Suppose we change the subject," the March Hare interrupted, yawning. "I'm getting tired of this. I vote the young lady tells us a story."

"I'm afraid I don't know one," said Alice, rather alarmed at the proposal.

"Then the Dormouse shall!" they both cried. "Wake up, Dormouse!" And they pinched it on both sides at once.

The Dormouse slowly opened his eyes.

"I wasn't asleep," he said in a hoarse, feeble voice: "I heard every word you fellows were saying."

"Tell us a story!" said the March Hare.

"Yes, please do!" pleaded Alice.

"And be quick about it," added the Hatter, "or you'll be asleep again before it's done."

"Once upon a time there were three little sisters," the Dormouse began in a great hurry; "and their names were Elsie, Lacie, and Tillie; and they lived at the bottom of a well—"

"What did they live on?" said Alice, who always took a great interest in questions of eating and drinking.

"They lived on treacle," said the Dormouse, after thinking a minute or two.

"They couldn't have done that, you know," Alice gently remarked; "they'd have been ill."

— Sim, é isso — disse o Chapeleiro com um suspiro. — É sempre hora do chá, e não temos tempo para lavar as coisas entre os intervalos.

— Então vocês vão trocando de lugar pela mesa? — perguntou Alice.

— Exatamente — confirmou o Chapeleiro. — À medida que as coisas são usadas.

— Mas o que acontece quando voltam ao começo? — Alice ousou perguntar.

— Proponho que mudemos de assunto — interrompeu a Lebre de Março, bocejando. — Estou ficando cansado. Voto que a jovem nos conte uma história.

— Infelizmente, não conheço nenhuma — declarou Alice, um pouco alarmada com a proposta.

— Então o Arganaz vai contar! — ambos exclamaram. — Acorde, Arganaz! — E beliscaram-no de ambos os lados ao mesmo tempo.

O Arganaz abriu lentamente os olhos.

— Eu não estava dormindo — negou com uma voz rouca e fraca. — Ouvi cada palavra que vocês disseram.

— Conte-nos uma história! — pediu a Lebre de Março.

— Sim, por favor! — implorou Alice.

— E seja rápido — acrescentou o Chapeleiro — ou você estará dormindo de novo antes que termine.

— Era uma vez três irmãzinhas — começou o Arganaz às pressas. — E os nomes delas eram Elsie, Lacie e Tillie. Elas moravam no fundo de um poço…

— Do que se alimentavam? — indagou Alice, que sempre teve um grande interesse em questões de comer e beber.

"So they were," said the Dormouse; "*very* ill."

Alice tried to fancy to herself what such an extraordinary ways of living would be like, but it puzzled her too much, so she went on:

"But why did they live at the bottom of a well?"

"Take some more tea," the March Hare said to Alice, very earnestly.

"I've had nothing yet," Alice replied in an offended tone, "so I can't take more."

"You mean you can't take *less*," said the Hatter: "it's very easy to take *more* than nothing."

"Nobody asked *your* opinion," said Alice.

"Who's making personal remarks now?" the Hatter asked triumphantly.

Alice did not quite know what to say to this: so she helped herself to some tea and bread-and-butter, and then turned to the Dormouse, and repeated her question.

"Why did they live at the bottom of a well?"

The Dormouse again took a minute or two to think about it, and then said, "It was a treacle-well."

"There's no such thing!" Alice was beginning very angrily, but the Hatter and the March Hare went "Sh! sh!" and the Dormouse sulkily remarked, "If you can't be civil, you'd better finish the story for yourself."

— Viviam à base de melado — respondeu o Arganaz, depois de pensar por um ou dois minutos.

— Elas não poderiam, sabe — Alice observou com gentileza. — Teriam ficado doentes.

— E assim ficaram — disse o Arganaz. — *Muito* doentes.

Alice tentou imaginar como seria viver de uma maneira tão extraordinária, mas isso a confundiu demais, então ela continuou:

— Mas por que elas moravam no fundo de um poço?

— Tome um pouco mais de chá — sugeriu a Lebre de Março para Alice, com muita sinceridade.

— Mas ainda não tomei nada — respondeu Alice num tom ofendido —, então não posso tomar mais um pouco.

— Você quer dizer que não pode tomar *menos* — disse o Chapeleiro. — É muito fácil tomar *mais* do que o nada.

— Ninguém pediu *sua* opinião — retrucou Alice.

— Quem está falando mal das pessoas agora? — Chapeleiro perguntou, triunfante.

Alice não sabia muito bem o que dizer, então se serviu de um pouco de chá e pão com manteiga, depois se virou para o Arganaz e repetiu sua pergunta.

— Por que elas moravam no fundo de um poço?

O Arganaz levou mais um ou dois minutos para pensar, e então disse:

— Era um poço de melado.

— Não existe tal coisa! — Alice começou a dizer muito zangada, mas o Chapeleiro e a Lebre de Março fizeram *Shh! Shh!* e o Arganaz comentou de mau humor:

— Se não consegue ser civilizada, é melhor terminar a história sozinha.

"No, please go on!" Alice said very humbly; "I won't interrupt again. I dare say there may be *one*."

"One, indeed!" said the Dormouse indignantly. However, he consented to go on. "And so these three little sisters—they were learning to draw, you know—"

"What did they draw?" said Alice, quite forgetting her promise.

"Treacle," said the Dormouse, without considering at all this time.

"I want a clean cup," interrupted the Hatter: "Let's all move one place on."

He moved on as he spoke, and the Dormouse followed him: the March Hare moved into the Dormouse's place, and Alice rather unwillingly took the place of the March Hare. The Hatter was the only one who got any advantage from the change: and Alice was a good deal worse off than before, as the March Hare had just upset the milk-jug into his plate.

Alice did not wish to offend the Dormouse again, so she began very cautiously:

"But I don't understand. Where did they draw the treacle from?"

"You can draw water out of a water-well," said the Hatter; "so I should think you could draw treacle out of a treacle-well—eh, stupid?"

"But they were *in* the well," Alice said to the Dormouse, not choosing to notice this last remark.

"Of course they were," said the Dormouse; "—well in."

This answer so confused poor Alice, that she let the Dormouse go on for some time without interrupting it.

— Não, por favor, continue! — Alice pediu, muito humildemente. — Não vou mais interrompê-lo. Arrisco dizer que deve existir *um*.

— Um, de fato! — falou o Arganaz, indignado. No entanto, concordou em continuar. — E então, essas três irmãzinhas, elas estavam aprendendo a tirar...

— A tirar o quê? — interveio Alice, esquecendo completamente sua promessa.

— Melado — disse o Arganaz, sem hesitar desta vez.

— Quero uma xícara limpa — interrompeu-o o Chapeleiro. — Vamos todos pular uma cadeira para o lado.

Ele se moveu ao falar, e o Arganaz o seguiu. A Lebre de Março mudou para o lugar do Arganaz, e Alice, com um tanto de relutância, ocupou o lugar da Lebre de Março. O Chapeleiro foi o único que obteve qualquer vantagem com a mudança, e Alice estava muito pior do que antes, já que a Lebre de Março havia acabado de derramar o litro de leite em seu prato.

Alice não quis ofender novamente o Arganaz, então começou com muita cautela:

— Mas não entendo. De onde tiravam o melado?

— Dá para tirar água de um poço de água — disse o Chapeleiro. — Então acho que você poderia tirar melado de um poço de melado, hein, imbecil?

— Mas elas estavam *dentro* do poço — Alice argumentou para o Arganaz, preferindo ignorar o último comentário.

— É claro que estavam — confirmou o Arganaz. — No fundo do poço.

A resposta confundiu tanto a pobre Alice que ela deixou o Arganaz continuar por algum tempo sem interrompê-lo.

"They were learning to draw," the Dormouse went on, yawning and rubbing its eyes, for it was getting very sleepy; "and they drew all manner of things—everything that begins with an M—"

"Why with an M?" said Alice.

"Why not?" said the March Hare.

Alice was silent.

The Dormouse had closed its eyes by this time, and was going off into a doze; but, on being pinched by the Hatter, it woke up again with a little shriek, and went on:

"—that begins with an M, such as mouse-traps, and the moon, and memory, and muchness— you know you say things are 'much of a muchness'—did you ever see such a thing as a drawing of a muchness?"

"Really, now you ask me," said Alice, very much confused, "I don't think—"

"Then you shouldn't talk," said the Hatter.

This piece of rudeness was more than Alice could bear: she got up in great disgust, and walked off; the Dormouse fell asleep instantly, and neither of the others took the least notice of her going, though she looked back once or twice, half hoping that they would call after her: the last time she saw them, they were trying to put the Dormouse into the teapot.

"At any rate I'll never go *there* again!" said Alice as she picked her way through the wood. "It's the stupidest tea-party I ever was at in all my life!"

Just as she said this, she noticed that one of the trees had a door leading right into it.

"That's very curious!" she thought. "But everything's curious today. I think I may as well go in at once." And in she went.

— Estavam aprendendo a desenhar — continuou o Arganaz, bocejando e esfregando os olhos, pois estava ficando muito sonolento. — E desenhavam todas as coisas, tudo o que começa com M…

— Por que com M? — questionou Alice.

— Por que não? — disse a Lebre de Março.

Alice ficou em silêncio.

A essa altura, o Arganaz tinha fechado os olhos e estava caindo no sono. Mas, ao ser beliscado pelo Chapeleiro, acordou novamente com um pequeno grito e continuou:

— … que começa com M, como mata-ratos, e Marte, e memória, e muita coisa… Sabia que você diz que as coisas são "um tanto de muita coisa"? Já viu o que é um desenho de muita coisa?

— Realmente, agora que me perguntou — disse Alice, muito confusa —, não penso…

— Então você não deveria falar — concluiu o Chapeleiro.

A grosseria foi além do que Alice poderia suportar. Ela se levantou com grande desgosto e foi embora. O Arganaz adormeceu instantaneamente e nenhum dos outros deu a menor atenção à sua partida, mesmo com ela olhando para trás uma ou duas vezes, em parte esperando que a chamassem. Na última vez que os viu, estavam tentando colocar o Arganaz na chaleira.

— Pelo menos nunca mais vou *lá*! — disse Alice enquanto escolhia seu caminho pela floresta. — É o chá mais estúpido de que já participei em toda a minha vida!

Assim que ela disse isso, notou que uma das árvores tinha uma porta que levava diretamente a seu interior.

Isso é muito curioso!, pensou. *Mas tudo é curioso hoje. Acho que eu poderia simplesmente entrar.* E entrou.

Once more she found herself in the long hall, and close to the little glass table.

"Now, I'll manage better this time," she said to herself, and began by taking the little golden key, and unlocking the door that led into the garden. Then she went to work nibbling at the mushroom (she had kept a piece of it in her pocket) till she was about a foot high: then she walked down the little passage: and *then*—she found herself at last in the beautiful garden, among the bright flower-beds and the cool fountains.

Mais uma vez, Alice se viu no longo corredor, perto da pequena mesa de vidro.

— Vou me sair melhor desta vez — disse para si mesma, e começou pegando a pequena chave dourada, e abrindo a porta que levava ao jardim. Então deu início ao exercício de morder o cogumelo (tinha guardado um pedaço dele no bolso) até que estivesse com cerca de trinta centímetros de altura. Ela caminhou pelo pequeno corredor e *então* se encontrou finalmente no belo jardim, entre os canteiros de flores brilhantes e as fontes.

CHAPTER VIII
The Queen's Croquet-Ground

A large rose-tree stood near the entrance of the garden: the roses growing on it were white, but there were three gardeners at it, busily painting them red. Alice thought this a very curious thing, and she went nearer to watch them, and just as she came up to them she heard one of them say,

"Look out now, Five! Don't go splashing paint over me like that!"

"I couldn't help it," said Five, in a sulky tone; "Seven jogged my elbow."

On which Seven looked up and said,

"That's right, Five! Always lay the blame on others!"

CAPÍTULO VIII
O Jardim de croqué da Rainha

Perto da entrada do jardim ficava uma grande roseira. As rosas que cresciam nele eram brancas, mas três jardineiros estavam ocupados pintando-as de vermelho. Alice achou aquilo muito curioso e se aproximou para observá-los melhor. Quando estava chegando perto, ouviu um deles dizer:

— Olhe lá, Cinco! Não vai espirrar tinta em mim assim!

— Não pude evitar — respondeu Cinco, num tom emburrado. — O Sete esbarrou no meu cotovelo.

Nisso, Sete olhou para cima e disse:

— Isso mesmo, Cinco! Sempre colocando a culpa nos outros!

these were ornamented all over with diamonds, and walked two and two, as the soldiers did. After these came the royal children; there were ten of them, and the little dears came jumping merrily along hand in hand, in couples: they were all ornamented with hearts. Next came the guests, mostly Kings and Queens, and among them Alice recognised the White Rabbit: it was talking in a hurried nervous manner, smiling at everything that was said, and went by without noticing her. Then followed the Knave of Hearts, carrying the King's crown on a crimson velvet cushion; and, last of all this grand procession, came THE KING AND QUEEN OF HEARTS.

Alice was rather doubtful whether she ought not to lie down on her face like the three gardeners, but she could not remember ever having heard of such a rule at processions;

"and besides, what would be the use of a procession," thought she, "if people had all to lie down upon their faces, so that they couldn't see it?" So she stood still where she was, and waited.

When the procession came opposite to Alice, they all stopped and looked at her, and the Queen said severely

"Who is this?" She said it to the Knave of Hearts, who only bowed and smiled in reply.

"Idiot!" said the Queen, tossing her head impatiently; and, turning to Alice, she went on, "What's your name, child?"

"My name is Alice, so please your Majesty," said Alice very politely; but she added, to herself, "Why, they're only a pack of cards, after all. I needn't be afraid of them!"

todos decorados com diamantes em forma de losango e caminhando aos pares, como os soldados. Após estes vieram as crianças reais. Eram dez. E os queridos pequenos vinham saltitando alegremente de mãos dadas, aos pares, todos decorados com corações. Depois vieram os convidados, na maioria reis e rainhas, e entre eles Alice reconheceu o Coelho Branco. Ele falava de maneira apressada e nervosa, sorria para tudo o que era dito e passou por ela sem a notar. Em seguida veio o Valete de Copas, carregando a coroa do Rei em uma almofada de veludo carmesim. E, por último nesse grande cortejo, vieram O REI E A RAINHA DE COPAS.

Alice estava um pouco indecisa se deveria se deitar de cara no chão como os três jardineiros, mas não conseguia se lembrar de já ter ouvido falar de uma regra dessas para cortejos.

Além disso, para que serviria um cortejo, pensou ela, *se todos tivessem que se deitar de cara no chão, de modo que não pudessem ver?* Então ficou parada no lugar, esperando.

Quando o cortejo chegou perto de Alice, todos pararam e olharam para ela, e a Rainha disse de modo severo:

— Quem é esta? — Ela disse isso para o Valete de Copas, que apenas se curvou e sorriu em resposta.

— Idiota! — exclamou a Rainha, sacudindo a cabeça impacientemente. Virando-se para Alice, continuou: — Qual é o seu nome, criança?

— Meu nome é Alice, se Vossa Majestade permitir — respondeu Alice com muita educação, mas acrescentou para si mesma: — Mas, afinal de contas, eles são apenas um baralho de cartas. Não preciso ter medo deles!

"And who are *these*?" said the Queen, pointing to the three gardeners who were lying round the rosetree; for, you see, as they were lying on their faces, and the pattern on their backs was the same as the rest of the pack, she could not tell whether they were gardeners, or soldiers, or courtiers, or three of her own children.

"How should I know?" said Alice, surprised at her own courage. "It's no business of *mine*."

The Queen turned crimson with fury, and, after glaring at her for a moment like a wild beast, screamed "Off with her head! Off—"

"Nonsense!" said Alice, very loudly and decidedly, and the Queen was silent.

The King laid his hand upon her arm, and timidly said "Consider, my dear: she is only a child!"

The Queen turned angrily away from him, and said to the Knave

"Turn them over!"

The Knave did so, very carefully, with one foot.

"Get up!" said the Queen, in a shrill, loud voice, and the three gardeners instantly jumped up, and began bowing to the King, the Queen, the royal children, and everybody else.

"Leave off that!" screamed the Queen. "You make me giddy." And then, turning to the rose-tree, she went on, "What *have* you been doing here?"

"May it please your Majesty," said Two, in a very humble tone, going down on one knee as he spoke, "we were trying—"

"I see!" said the Queen, who had meanwhile been examining the roses. "Off with their heads!" and the procession moved on, three of the soldiers remaining behind

— E quem são *estes*? — indagou a Rainha, apontando para os três jardineiros deitados em torno da roseira. Pois, veja só, como eles estavam deitados de cara para baixo e o padrão em suas costas era o mesmo do restante do baralho, ela não conseguia determinar se eram jardineiros, soldados, cortesãos ou três de seus próprios filhos.

— Como é que vou saber? — perguntou Alice, surpresa com sua própria coragem. — Não é problema *meu*.

A Rainha ficou vermelha de raiva e, após encará-la por um momento como uma fera selvagem, gritou:

— Cortem-lhe a cabeça! Cortem…

— Bobagem! — disse Alice, bem alto e decididamente, e a Rainha se calou.

O Rei colocou a mão no braço dela e disse com timidez:

— Reconsidere, querida. Ela é apenas uma criança!

A Rainha se virou furiosamente e disse ao Valete:

— Vire-os para cima!

O Valete obedeceu-a, muito cuidadosamente, com um pé.

— Levantem-se! — gritou a Rainha, em voz alta e estridente, e os três jardineiros saltaram de imediato e se curvaram para o Rei, a Rainha, as crianças reais e todos os outros presentes.

— Parem com isso! — gritou a Rainha. — Vocês me deixam zonza. — E então, virando-se para a roseira, continuou: — O que vocês *estavam* fazendo aqui?

— Se agradar a Vossa Majestade… — disse Dois, num tom muito humilde, ajoelhando-se ao falar — … nós tentávamos…

— Entendi! — declarou a Rainha, que nesse meio-tempo estava examinando as rosas. — Cortem-lhes a cabeça! — O cortejo seguiu em frente, com três dos soldados ficando para trás

to execute the unfortunate gardeners, who ran to Alice for protection.

"You shan't be beheaded!" said Alice, and she put them into a large flower-pot that stood near. The three soldiers wandered about for a minute or two, looking for them, and then quietly marched off after the others.

"Are their heads off?" shouted the Queen.

"Their heads are gone, if it please your Majesty!" the soldiers shouted in reply.

"That's right!" shouted the Queen. "Can you play croquet?"

The soldiers were silent, and looked at Alice, as the question was evidently meant for her.

"Yes!" shouted Alice.

"Come on, then!" roared the Queen, and Alice joined the procession, wondering very much what would happen next.

"It's—it's a very fine day!" said a timid voice at her side. She was walking by the White Rabbit, who was peeping anxiously into her face.

"Very," said Alice: "—where's the Duchess?"

"Hush! Hush!" said the Rabbit in a low, hurried tone. He looked anxiously over his shoulder as he spoke, and then raised himself upon tiptoe, put his mouth close to her ear, and whispered,

"She's under sentence of execution."

"What for?" said Alice.

"Did you say 'What a pity!'?" the Rabbit asked.

"No, I didn't," said Alice: "I don't think it's at all a pity. I said 'What for?'"

a fim de executar os infelizes jardineiros, que correram até Alice em busca de proteção.

— Vocês não serão decapitados! — anunciou Alice, colocando-os em um grande vaso de flores que estava ali perto. Os três soldados vagaram por um ou dois minutos, procurando por eles, e depois marcharam tranquilamente atrás dos outros.

— A cabeça deles foi cortada? — gritou a Rainha.

— A cabeça deles foi cortada, se agradar a Vossa Majestade! — os soldados gritaram em resposta.

— Certamente! — gritou a Rainha. — Você sabe jogar croqué?

Os soldados ficaram em silêncio e olharam para Alice, pois a pergunta era claramente dirigida a ela.

— Sim! — gritou Alice.

— Então venha! — vociferou a Rainha. Alice se juntou ao cortejo, pensando muito no que aconteceria a seguir.

— É... é um dia muito bonito! — disse uma voz tímida ao seu lado. Ela estava caminhando ao lado do Coelho Branco, que olhava ansiosamente para o rosto dela.

— Muito — concordou Alice. — Onde está a Duquesa?

— Shh! Shh! — disse o Coelho num tom baixo e apressado. Espiou ansiosamente por cima do ombro enquanto falava, e depois se ergueu na ponta dos pés, colocou a boca perto de seu ouvido e sussurrou:

— Ela foi sentenciada à execução.

— Que houve? — perguntou Alice.

— Você disse "que pena"? — perguntou o Coelho.

— Não, não disse — respondeu Alice. — Não acho que é de todo uma pena. Eu disse "que houve?".

"She boxed the Queen's ears—" the Rabbit began. Alice gave a little scream of laughter. "Oh, hush!" the Rabbit whispered in a frightened tone. "The Queen will hear you! You see, she came rather late, and the Queen said—"

"Get to your places!" shouted the Queen in a voice of thunder, and people began running about in all directions, tumbling up against each other; however, they got settled down in a minute or two, and the game began. Alice thought she had never seen such a curious croquet-ground in her life; it was all ridges and furrows; the balls were live hedgehogs, the mallets live flamingoes, and the soldiers had to double themselves up and to stand on their hands and feet, to make the arches.

The chief difficulty Alice found at first was in managing her flamingo: she succeeded in getting its body tucked away, comfortably enough, under her arm, with its legs hanging down, but generally, just as she had got its neck nicely straightened out, and was going to give the hedgehog a blow with its head, it *would* twist itself round and look up in her face, with such a puzzled expression that she could not help bursting out laughing: and when she had got its head down, and was going to begin again, it was very provoking to find that the hedgehog had unrolled itself, and was in the act of crawling away: besides all this, there was generally a ridge or furrow in the way wherever she wanted to send the hedgehog to, and, as the doubled-up soldiers were always getting up and walking off to other parts of the ground, Alice soon came to the conclusion that it was a very difficult game indeed.

The players all played at once without waiting for turns, quarrelling all the while, and fighting for the hedgehogs; and in a very short time the Queen was in a furious passion, and went stamping about, and shouting

— Ela deu um pescoção na Rainha... — começou o Coelho. Alice deu uma risadinha. — Shh, cale-se! — sussurrou o Coelho num tom assustado. — A Rainha vai ouvir você! Veja bem, ela chegou um pouco tarde, e a Rainha disse...

— Vão para os seus lugares! — gritou a Rainha com voz de trovão, e as pessoas se puseram a correr para todos os lados, esbarrando umas nas outras. No entanto, acomodaram-se em um ou dois minutos, e o jogo começou. Alice ponderou que nunca tinha visto um campo de croqué tão curioso em sua vida. Tudo era feito de cristas e sulcos. As bolas eram ouriços vivos, os tacos eram flamingos vivos, e os soldados tinham de se dobrar e ficar de quatro para fazer os arcos.

A maior dificuldade que Alice encontrou no início foi em manejar seu flamingo. Ela conseguiu enfiar seu corpo confortavelmente sob o braço, com as pernas penduradas, mas, geralmente, assim que alinhava bem o pescoço e estava prestes a dar um golpe no ouriço com a cabeça dele, ele se *contorcia* e olhava para cima com uma expressão tão confusa que ela não podia evitar o riso. E quando ela abaixava a cabeça dele e estava prestes a recomeçar, ficava irritada ao descobrir que o ouriço tinha se desenrolado e se afastava. Além de tudo isso, geralmente havia uma crista ou sulco no caminho pelo qual queria jogar o ouriço, e, como os soldados dobrados estavam sempre se levantando e indo para outras partes do campo, Alice logo chegou à conclusão de que era mesmo um jogo muito difícil.

Todos os jogadores jogavam ao mesmo tempo, sem esperar a própria vez, brigando sem cessar todo e lutando pelos ouriços. Em pouquíssimo tempo a Rainha já estava em fúria, e ia pisoteando e gritando:

"Off with his head!" or "Off with her head!" about once in a minute.

Alice began to feel very uneasy: to be sure, she had not as yet had any dispute with the Queen, but she knew that it might happen any minute,

"and then," thought she, "what would become of me? They're dreadfully fond of beheading people here; the great wonder is, that there's any one left alive!"

She was looking about for some way of escape, and wondering whether she could get away without being seen, when she noticed a curious appearance in the air: it puzzled her very much at first, but, after watching it a minute or two, she made it out to be a grin, and she said to herself,

"It's the Cheshire Cat: now I shall have somebody to talk to."

"How are you getting on?" said the Cat, as soon as there was mouth enough for it to speak with.

Alice waited till the eyes appeared, and then nodded.

"It's no use speaking to it," she thought, "till its ears have come, or at least one of them."

In another minute the whole head appeared, and then Alice put down her flamingo, and began an account of the game, feeling very glad she had someone to listen to her. The Cat seemed to think that there was enough of it now in sight, and no more of it appeared.

"I don't think they play at all fairly," Alice began, in rather a complaining tone, "and they all quarrel so dreadfully one can't hear oneself speak—and they don't seem to have any rules

— Cortem-lhe a cabeça! Cortem-lhes a cabeça! — Cerca de uma vez por minuto.

Alice começou a se sentir muito inquieta. Claro, ela ainda não havia tido disputa alguma com a Rainha, mas sabia que poderia acontecer a qualquer momento.

E então, pensou ela. *O que seria de mim? Eles são terrivelmente propensos a cortar cabeças aqui. É surpreendente que ainda haja alguém vivo!*

Ela procurava algum jeito de escapar e, conjecturando se poderia ir embora sem ser vista, notou uma aparição curiosa no ar. No começo, ficou muito intrigada, porém, depois de observar durante um ou dois minutos, percebeu que era um sorriso, e disse a si mesma:

— É o Gato de Cheshire. Agora vou ter alguém com quem conversar.

— Como tem passado? — perguntou o Gato, assim que havia boca suficiente para falar.

Alice esperou até que os olhos aparecessem e então acenou com a cabeça.

Não adianta falar com ele, pensou ela, *até que seus ouvidos tenham aparecido, ou pelo menos um deles.*

Em mais um minuto toda a cabeça apareceu, e então Alice largou o flamingo e se pôs a contar sobre o jogo, sentindo-se muito contente por ter alguém para ouvi-la. O Gato considerou que já estava mostrando o bastante de si e não fez aparecer mais nenhuma parte do corpo.

— Não acho que jogam de maneira justa — começou Alice, num tom de reclamação. — E todos eles brigam tanto que mal dá para você ouvir a própria voz… e não parecem ter nenhuma regra

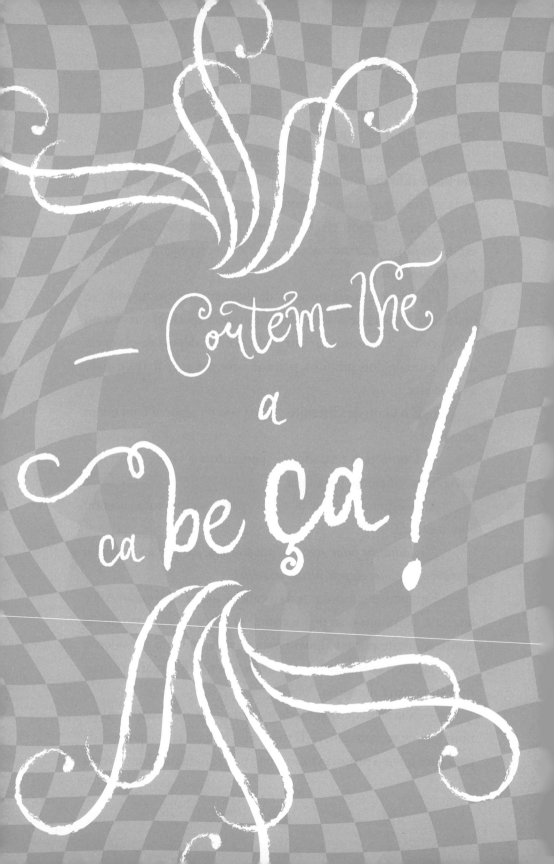

in particular; at least, if there are, nobody attends to them—and you've no idea how confusing it is all the things being alive; for instance, there's the arch I've got to go through next walking about at the other end of the ground—and I should have croqueted the Queen's hedgehog just now, only it ran away when it saw mine coming!"

"How do you like the Queen?" said the Cat in a low voice.

"Not at all," said Alice: "she's so extremely—" Just then she noticed that the Queen was close behind her, listening: so she went on, "—likely to win, that it's hardly worth while finishing the game."

The Queen smiled and passed on.

"Who *are* you talking to?" said the King, going up to Alice, and looking at the Cat's head with great curiosity.

"It's a friend of mine—a Cheshire Cat," said Alice: "allow me to introduce it."

"I don't like the look of it at all," said the King: "however, it may kiss my hand if it likes."

"I'd rather not," the Cat remarked.

"Don't be impertinent," said the King, "and don't look at me like that!" He got behind Alice as he spoke.

"A cat may look at a king," said Alice. "I've read that in some book, but I don't remember where."

"Well, it must be removed," said the King very decidedly, and he called the Queen, who was passing at the moment, "My dear! I wish you would have this cat removed!"

The Queen had only one way of settling all difficulties, great or small. "Off with his head!" she said, without even looking round.

em particular. Pelo menos, se existirem, ninguém presta atenção a elas... e você não tem ideia de como é confuso tudo estar vivo. Por exemplo, o arco pelo qual tenho de passar agora está andando do outro lado do campo... e eu deveria ter acertado o ouriço da Rainha agora mesmo, só que ele fugiu quando viu o meu chegando!

— Está gostando da Rainha? — perguntou o Gato num tom baixo.

— De jeito nenhum — disse Alice. — Ela é extremamente... — nesse momento, notou que a Rainha estava bem atrás dela, ouvindo. Então continuou: — ... habilidosa para ganhar, mal vale a pena terminar o jogo.

A Rainha sorriu e continuou adiante.

— Com *quem* está falando? — indagou o Rei, aproximando-se de Alice e mirando a cabeça do Gato com grande curiosidade.

— É um amigo meu... um Gato de Cheshire — respondeu Alice. — Permita-me apresentá-lo...

— Não gosto da aparência dele de jeito nenhum — comentou o Rei. — Contudo, ele pode beijar minha mão, se quiser.

— Prefiro não o fazer — comentou o Gato.

— Não seja impertinente — disse o Rei. — E não me olhe desse jeito! — Ele se colocou atrás de Alice enquanto falava.

— Até um gato pode olhar para um rei — disse Alice. — Li isso em algum livro, mas não me lembro onde.

— Bem, ele precisa ser retirado — pontuou o Rei, muito decidido, e chamou a Rainha, que passava naquele momento. — Minha querida! Eu gostaria que você expulsasse este gato!

A Rainha só tinha um jeito de resolver todas as dificuldades, grandes ou pequenas.

— Cortem-lhe a cabeça! — exclamou ela, sem nem mesmo observar ao redor.

"I'll fetch the executioner myself," said the King eagerly, and he hurried off.

Alice thought she might as well go back, and see how the game was going on, as she heard the Queen's voice in the distance, screaming with passion. She had already heard her sentence three of the players to be executed for having missed their turns, and she did not like the look of things at all, as the game was in such confusion that she never knew whether it was her turn or not. So she went in search of her hedgehog.

The hedgehog was engaged in a fight with another hedgehog, which seemed to Alice an excellent opportunity for croqueting one of them with the other: the only difficulty was, that her flamingo was gone across to the other side of the garden, where Alice could see it trying in a helpless sort of way to fly up into a tree.

By the time she had caught the flamingo and brought it back, the fight was over, and both the hedgehogs were out of sight:

"But it doesn't matter much," thought Alice, "as all the arches are gone from this side of the ground." So she tucked it away under her arm, that it might not escape again, and went back for a little more conversation with her friend.

When she got back to the Cheshire Cat, she was surprised to find quite a large crowd collected round it: there was a dispute going on between the executioner, the King, and the Queen, who were all talking at once, while all the rest were quite silent, and looked very uncomfortable.

The moment Alice appeared, she was appealed to by all three to settle the question, and they repeated their arguments to her, though, as they all spoke at once, she found it very hard indeed to make out exactly what they said.

— Eu mesmo vou buscar o carrasco — declarou o Rei de modo ansioso, e saiu apressado.

Alice pensou que poderia muito bem voltar para ver como ia o jogo, pois ouvia a voz da Rainha ao longe, gritando com raiva. Já ouvira a mesma sentença de execução ser imposta a três dos jogadores por terem perdido a vez. E não gostou nada do que viu, já que o jogo estava em tamanha confusão que não conseguiu saber se era sua vez ou não. Então foi procurar o seu ouriço.

O ouriço estava em uma briga com outro ouriço, o que para Alice pareceu uma excelente oportunidade de, na partida de croqué, acertar um deles fazendo uso do outro. A única dificuldade era que seu flamingo havia ido para o outro lado do jardim, onde Alice podia vê-lo enquanto ele tentava, impotente, subir em uma árvore .

Quando ela pegou o flamingo de volta, a briga tinha acabado, e os dois ouriços estavam fora de vista.

Mas não importa muito, pensou Alice, *já que todos os arcos sumiram deste lado do campo.* Então ela o enfiou sob o braço, para que não escapasse novamente, e voltou para conversar um pouco mais com seu amigo.

Quando voltou para o Gato de Cheshire, ficou surpresa ao encontrar uma multidão grande reunida em volta dele. Havia uma disputa acontecendo entre o executor, o Rei e a Rainha, que falavam simultaneamente, à medida que todos os outros ficavam em silêncio e pareciam muito constrangidos.

Assim que Alice apareceu, todos os três insistiram para ela resolver a questão e lhe repetiram seus argumentos, embora, como todos falavam juntos, ela achasse de fato muito difícil entender exatamente o que diziam.

The executioner's argument was, that you couldn't cut off a head unless there was a body to cut it off from: that he had never had to do such a thing before, and he wasn't going to begin at *his* time of life.

The King's argument was, that anything that had a head could be beheaded, and that you weren't to talk nonsense.

The Queen's argument was, that if something wasn't done about it in less than no time she'd have everybody executed, all round. (It was this last remark that had made the whole party look so grave and anxious.)

Alice could think of nothing else to say but,

"It belongs to the Duchess: you'd better ask *her* about it."

"She's in prison," the Queen said to the executioner: "fetch her here." And the executioner went off like an arrow.

The Cat's head began fading away the moment he was gone, and, by the time he had come back with the Duchess, it had entirely disappeared; so the King and the executioner ran wildly up and down looking for it, while the rest of the party went back to the game.

O argumento do executor era de que não é possível cortar uma cabeça a menos que houvesse um corpo para separá-la. E que ele nunca teve de fazer uma coisa dessas antes, e não estava disposto a começar a essa altura da vida.

O argumento do Rei era de que qualquer coisa que tivesse uma cabeça poderia ser decapitada, e que não se deveriam falar bobagens.

O argumento da Rainha era de que, se algo não fosse resolvido o mais rápido possível, ela ordenaria a execução de todo mundo de uma vez. (Foi este último comentário que fez todos os presentes parecerem tão sérios e ansiosos.)

Alice não conseguia pensar em mais nada para dizer além de:

— O gato pertence à Duquesa. Vocês devem perguntar a ela.

— Ela está na prisão — a Rainha informou ao executor. — Traga-a aqui. — E o executor partiu como uma flecha.

A cabeça do Gato começou a desaparecer assim que o executor se foi. Quando o carrasco voltou com a Duquesa, o Gato já havia desaparecido completamente. Então o Rei e o executor correram loucamente para cima e para baixo à procura do Gato, enquanto o restante do grupo voltava ao jogo.

them sour—and camomile that makes them bitter—and—and barley-sugar and such things that make children sweet-tempered. I only wish people knew that: then they wouldn't be so stingy about it, you know—"

She had quite forgotten the Duchess by this time, and was a little startled when she heard her voice close to her ear. "You're thinking about something, my dear, and that makes you forget to talk. I can't tell you just now what the moral of that is, but I shall remember it in a bit."

"Perhaps it hasn't one," Alice ventured to remark.

"Tut, tut, child!" said the Duchess. "Everything's got a moral, if only you can find it." And she squeezed herself up closer to Alice's side as she spoke.

Alice did not much like keeping so close to her: first, because the Duchess was *very* ugly; and secondly, because she was exactly the right height to rest her chin upon Alice's shoulder, and it was an uncomfortably sharp chin. However, she did not like to be rude, so she bore it as well as she could.

"The game's going on rather better now," she said, by way of keeping up the conversation a little.

"'Tis so", said the Duchess: "and the moral of that is—'Oh, 'tis love, 'tis love, that makes the world go round!'"

"Somebody said," Alice whispered, "that it's done by everybody minding their own business!"

"Ah, well! It means much the same thing," said the Duchess, digging her sharp little chin into Alice's shoulder as she added, "and the moral of *that* is—'Take care of the sense, and the sounds will take care of themselves.'"

ter descoberto um novo tipo de regra. *E o vinagre que as deixa azedas... e a camomila que as deixa amargas... e... e o açúcar de cevada e essas coisas que deixam as crianças de bom humor. Só gostaria que as pessoas soubessem disso, então não seriam tão avarentas, sabe...*

Nesse ínterim, ela tinha esquecido completamente a Duquesa e ficou um pouco assustada quando ouviu a voz dela perto de seu ouvido.

— Está pensando em alguma coisa, querida, e isso a faz se esquecer de falar. Não posso afirmar agora qual é a moral disso, mas vou lembrar em breve.

— Talvez não haja moral — Alice se aventurou a observar.

— Não, não, criança! — disse a Duquesa. — Tudo tem uma moral, se você conseguir encontrá-la. — Ela se aproximou ainda mais de Alice ao falar.

Alice não gostou muito de estar tão perto dela. Primeiro, porque a Duquesa era *muito* feia. E segundo, porque era exatamente da altura certa para apoiar o queixo no ombro de Alice, e era um queixo desconfortavelmente pontiagudo. No entanto, ela não quis ser rude, então suportou o máximo que pôde.

— O jogo está indo um pouco melhor agora — disse ela, na tentativa de manter a conversa.

— De fato — concordou a Duquesa. — E a moral disso é... "Ah, é o amor, é o amor, que faz o mundo girar!".

— Alguém disse — sussurrou Alice — que ele gira, pois todos cuidam da própria vida!

— Ah, bem! É praticamente a mesma coisa — disse a Duquesa, enterrando seu queixinho afiado no ombro de Alice ao acrescentar: — E a moral disso é... "Cuide do sentido, e os sons cuidarão de si mesmos".

"How fond she is of finding morals in things!" Alice thought to herself.

"I dare say you're wondering why I don't put my arm round your waist," the Duchess said after a pause: "the reason is, that I'm doubtful about the temper of your flamingo. Shall I try the experiment?"

"*He* might bite," Alice cautiously replied, not feeling at all anxious to have the experiment tried.

"Very true," said the Duchess: "flamingoes and mustard both bite. And the moral of that is—'Birds of a feather flock together.'"

"Only mustard isn't a bird," Alice remarked.

"Right, as usual," said the Duchess: "what a clear way you have of putting things!"

"It's a mineral, I *think*," said Alice.

"Of course it is," said the Duchess, who seemed ready to agree to everything that Alice said; "there's a large mustard-mine near here. And the moral of that is—'The more there is of mine, the less there is of yours.'"

"Oh, I know!" exclaimed Alice, who had not attended to this last remark, "it's a vegetable. It doesn't look like one, but it is."

"I quite agree with you," said the Duchess; "and the moral of that is—'Be what you would seem to be'—or if you'd like it put more simply—'Never imagine yourself not to be otherwise than what it might appear to others that what you were or might have been was not otherwise than what you had been would have appeared to them to be otherwise.'"

Como ela gosta de encontrar moral nas coisas!, pensou Alice consigo mesma.

— Imagino que esteja se perguntando por que não ponho o braço em volta da sua cintura — comentou a Duquesa depois de uma pausa. — A razão é que estou em dúvida sobre o temperamento do seu flamingo. Devo tentar o experimento?

— Talvez *ele* pique — Alice respondeu com cautela, sem sentir qualquer ansiedade para que houvesse uma tentativa do experimento.

— Pois é verdade — afirmou a Duquesa. — Flamingos e mostarda, ambos são picantes. E a moral disso é... "Passarinho que anda com morcego, acorda de cabeça para baixo".

— Só que mostarda não é um passarinho — observou Alice.

— Certa, como sempre — disse a Duquesa. — Que clareza você tem para expressar as coisas!

— É um mineral, *acho* — completou Alice.

— Claro que é — disse a Duquesa, que parecia pronta para concordar com tudo o que Alice dizia. — Tem uma grande mina de mostarda aqui perto. E a moral disso é... "Quanto mais eu mino, menos você mina".

— Ah, lembrei! — exclamou Alice, que não tinha prestado atenção ao último comentário. — É um vegetal. Não parece um, mas é.

— Concordo plenamente com você — disse a Duquesa. — E a moral disso é... "Seja o que você parece ser..." ou se preferir de forma mais simples... "Nunca imagine não ser o que poderia parecer para os outros que o que você era ou poderia ter sido não era de outra forma senão o que você tinha sido, que poderia ter parecido para eles de outra forma".

"I think I should understand that better," Alice said very politely, "if I had it written down: but I can't quite follow it as you say it."

"That's nothing to what I could say if I chose," the Duchess replied, in a pleased tone.

"Pray don't trouble yourself to say it any longer than that," said Alice.

"Oh, don't talk about trouble!" said the Duchess. "I make you a present of everything I've said as yet."

"A cheap sort of present!" thought Alice. "I'm glad they don't give birthday presents like that!" But she did not venture to say it out loud.

"Thinking again?" the Duchess asked, with another dig of her sharp little chin.

"I've a right to think," said Alice sharply, for she was beginning to feel a little worried.

"Just about as much right," said the Duchess, "as pigs have to fly; and the m—"

But here, to Alice's great surprise, the Duchess's voice died away, even in the middle of her favourite word "moral," and the arm that was linked into hers began to tremble. Alice looked up, and there stood the Queen in front of them, with her arms folded, frowning like a thunderstorm.

"A fine day, your Majesty!" the Duchess began in a low, weak voice.

"Now, I give you fair warning," shouted the Queen, stamping on the ground as she spoke; "either you or your head must be off, and that in about half no time! Take your choice!"

— Acho que entenderia melhor — interveio Alice muito educadamente — se estivesse escrito. Mas não consegui compreender do jeito que você disse.

— Isso não é nada em comparação com o que eu poderia dizer, se desejasse — respondeu a Duquesa, num tom satisfeito.

— Por favor, não se incomode em dizer mais do que isso — disse Alice.

— Ah, não é incômodo algum! — pontuou a Duquesa. — É um prazer dizer-lhe tudo o que já disse até o presente.

Um presente de araque!, pensou Alice. *Ainda bem que não dão esse tipo de presente de aniversário!* Mas não se atreveu a verbalizá-lo em voz alta.

— Pensando novamente? — perguntou a Duquesa, com outro cutucão de seu queixinho afiado.

— Tenho o direito de pensar — respondeu Alice em tom brusco, pois começava a se sentir um pouco inquieta.

— Claro que tem — concordou a Duquesa. — Como os porcos têm de voar. E a m…

Mas aqui, para grande surpresa de Alice, a voz da Duquesa morreu, mesmo no meio de sua palavra favorita, "moral", e o braço que estava ligado ao dela começou a tremer. Alice olhou para cima, e lá estava a Rainha diante delas, com os braços cruzados, com a cara fechada como o tempo em uma tempestade.

— Que belo dia, Majestade! — começou a Duquesa com uma voz baixa e fraca.

— Bem, vim dar-lhe uma escolha — gritou a Rainha, batendo o pé no chão enquanto falava. — Ou você desaparece, ou sua cabeça desaparece. E que isso aconteça mais rápido que imediatamente! Pode escolher!

The Duchess took her choice, and was gone in a moment.

"Let's go on with the game," the Queen said to Alice; and Alice was too much frightened to say a word, but slowly followed her back to the croquet-ground.

The other guests had taken advantage of the Queen's absence, and were resting in the shade: however, the moment they saw her, they hurried back to the game, the Queen merely remarking that a moment's delay would cost them their lives.

All the time they were playing the Queen never left off quarrelling with the other players, and shouting "Off with his head!" or "Off with her head!" Those whom she sentenced were taken into custody by the soldiers, who of course had to leave off being arches to do this, so that by the end of half an hour or so there were no arches left, and all the players, except the King, the Queen, and Alice, were in custody and under sentence of execution.

Then the Queen left off, quite out of breath, and said to Alice,

"Have you seen the Mock Turtle yet?"

"No," said Alice. "I don't even know what a Mock Turtle is."

"It's the thing Mock Turtle Soup is made from," said the Queen.

"I never saw one, or heard of one," said Alice.

"Come on, then," said the Queen, "and he shall tell you his history,"

As they walked off together, Alice heard the King say in a low voice, to the company generally,

"You are all pardoned."

A Duquesa fez sua escolha e saiu às pressas.

— Vamos continuar com o jogo — determinou a Rainha para Alice. A menina estava tão assustada que não conseguiu proferir nem uma palavra, mas a seguiu com lentidão de volta ao campo de croqué.

Os outros convidados tinham aproveitado a ausência da Rainha e descansavam na sombra. No entanto, no momento em que a viram, voltaram correndo para o jogo. A Rainha pontuou, de forma casual, que qualquer atraso lhes custaria a vida.

Durante todo o jogo, a Rainha nunca parou de desentender-se com os demais jogadores, gritando "Cortem-lhe a cabeça!" ou "Cortem-lhes a cabeça!". Aqueles a quem ela sentenciava eram levados sob custódia pelos soldados, que, é claro, tinham de parar de ser arcos para fazê-lo, de modo que dentro de meia hora ou mais não restavam arcos. Todos os jogadores, exceto o Rei, a Rainha e Alice, estavam sob custódia e sentenciados à execução.

Então a Rainha saiu, completamente sem fôlego, e disse a Alice:

— Já viu a Tartaruga Fingida?

— Não — replicou Alice. — Nem sei o que é uma Tartaruga Fingida.

— É a coisa da qual é feita a Falsa Sopa de Tartaruga — explicou a Rainha.

— Nunca vi nem ouvi falar — pontuou Alice.

— Então venha — chamou a Rainha. — E ela lhe contará sua história.

Conforme saíam juntas, Alice ouviu o Rei anunciar em voz baixa para a companhia em geral:

— Todos vocês estão perdoados.

"Come, *that's* a good thing!" she said to herself, for she had felt quite unhappy at the number of executions the Queen had ordered.

They very soon came upon a Gryphon, lying fast asleep in the sun. (*If* you don't know what a Gryphon is, look at the picture.) "Up, lazy thing!" said the Queen, "and take this young lady to see the Mock Turtle, and to hear his history. I must go back and see after some executions I have ordered"; and she walked off, leaving Alice alone with the Gryphon. Alice did not quite like the look of the creature, but on the whole she thought it would be quite as safe to stay with it as to go after that savage Queen: so she waited.

The Gryphon sat up and rubbed its eyes: then it watched the Queen till she was out of sight: then it chuckled. "What fun!" said the Gryphon, half to itself, half to Alice.

"What *is* the fun?" said Alice.

"Why, *she*," said the Gryphon. "It's all her fancy, that: they never executes nobody, you know. Come on!"

"Everybody says 'come on!' here," thought Alice, as she went slowly after it: "I never was so ordered about in all my life, never!"

They had not gone far before they saw the Mock Turtle in the distance, sitting sad and lonely on a little ledge of rock, and, as they came nearer, Alice could hear him sighing as if his heart would break. She pitied him deeply.

"What is his sorrow?" she asked the Gryphon, and the Gryphon answered, very nearly in the same words as before,

Que bom!, ela pensou, pois tinha ficado bastante chateada com o número de execuções que a Rainha havia ordenado.

Logo depois, encontraram um Grifo deitado ao sol, profundamente adormecido.

— Levante-se, criatura preguiçosa! — mandou a Rainha. — E leve esta jovem dama para ver a Tartaruga Fingida e ouvir sua história. Tenho de voltar e acompanhar algumas execuções que ordenei. — Ela se afastou, deixando Alice sozinha com o Grifo. Alice não gostou muito da aparência da criatura, mas no geral pensou que seria tão seguro ficar com ela quanto ir atrás daquela Rainha selvagem. Então esperou.

O Grifo se sentou e esfregou os olhos, então observou a Rainha até ela desaparecer de vista. Ele riu.

— Que piada! — exclamou o Grifo, metade para si mesmo, metade para Alice.

— Qual é a piada? — indagou Alice.

— Ora, *ela* — disse o Grifo. — Isso é tudo pose. Nunca executam ninguém. Venha!

Todo mundo aqui diz "venha!", pensou Alice enquanto seguia com vagarosidade atrás dele. *Nunca mandaram tanto em mim, em toda a minha vida, nunca!*

Não tinham chegado muito longe quando avistaram a Tartaruga Fingida, sentada triste e solitária em uma pequena saliência de rocha. À medida que se aproximavam, Alice pôde ouvi-la suspirando como se seu coração estivesse em pedaços. Teve profunda pena dela.

— Por que ela está tão triste? — perguntou ao Grifo, e o Grifo respondeu, quase nas mesmas palavras de antes:

"You ought to be ashamed of yourself for asking such a simple question," added the Gryphon; and then they both sat silent and looked at poor Alice, who felt ready to sink into the earth. At last the Gryphon said to the Mock Turtle,

"Drive on, old fellow! Don't be all day about it!"

and he went on in these words:

"Yes, we went to school in the sea, though you mayn't believe it—"

"I never said I didn't!" interrupted Alice.

"You did," said the Mock Turtle.

"Hold your tongue!" added the Gryphon, before Alice could speak again. The Mock Turtle went on.

"We had the best of educations—in fact, we went to school every day—"

"*I've* been to a day-school, too," said Alice; "you needn't be so proud as all that."

"With extras?" asked the Mock Turtle a little anxiously.

"Yes," said Alice, "we learned French and music."

"And washing?" said the Mock Turtle.

"Certainly not!" said Alice indignantly.

"Ah! Then yours wasn't a really good school," said the Mock Turtle in a tone of great relief. "Now at *ours* they had at the end of the bill, 'French, music, *and washing*—extra.'"

"You couldn't have wanted it much," said Alice; "living at the bottom of the sea."

"I couldn't afford to learn it." said the Mock Turtle with a sigh. "I only took the regular course."

— Você deveria se envergonhar de perguntar algo tão simples — acrescentou o Grifo. Então ambos ficaram em silêncio e fitaram a pobre Alice, que não sabia onde enfiar a cara, tamanha a vergonha. Finalmente, o Grifo disse à Tartaruga Fingida:

— Vá em frente, camarada! Não demore o dia todo!

E ela continuou com estas palavras:

— Sim, íamos à escola no mar, embora você talvez não acredite...

— Eu nunca disse que não acreditava! — interrompeu Alice.

— Você disse — disse a Tartaruga Fingida.

— Fique quieta! — acrescentou o Grifo, antes que Alice pudesse falar novamente. A Tartaruga Fingida continuou.

— Tivemos a melhor educação... Na verdade, íamos à escola todos os dias.

— *Eu também* já frequentei uma escola matutina — comentou Alice. — Você não precisa se orgulhar tanto assim.

— Com classes extras? — perguntou a Tartaruga Fingida, um pouco ansiosa.

— Sim — confirmou Alice. — Nós tínhamos francês e música.

— E lavagem? — perguntou a Tartaruga Fingida.

— Certamente que não! — disse Alice indignada.

— Ah! Então sua escola não era realmente boa — concluiu a Tartaruga Fingida num tom de grande alívio. — Na *nossa*, eles tinham, afinal de contas: francês, música *e lavagem*... extra.

— Não devia servir de muita coisa para você... — disse Alice — ...morando no fundo do mar.

— Eu não tinha dinheiro para pagar — falou a Tartaruga Fingida com um suspiro. — Então só fiz o curso básico.

"What was that?" inquired Alice.

"Reeling and Writhing, of course, to begin with," the Mock Turtle replied; "and then the different branches of Arithmetic—Ambition, Distraction, Uglification, and Derision."

"I never heard of 'Uglification,'" Alice ventured to say. "What is it?"

The Gryphon lifted up both its paws in surprise. "What! Never heard of uglifying!" it exclaimed. "You know what to beautify is, I suppose?"

"Yes," said Alice doubtfully: "it means—to—make——anything—prettier."

"Well, then," the Gryphon went on, "if you don't know what to uglify is, you *are* a simpleton."

Alice did not feel encouraged to ask any more questions about it, so she turned to the Mock Turtle, and said "What else had you to learn?"

"Well, there was Mystery," the Mock Turtle replied, counting off the subjects on his flappers, "—Mystery, ancient and modern, with Seaography: then Drawling—the Drawling-master was an old conger-eel, that used to come once a week: *He* taught us Drawling, Stretching, and Fainting in Coils."

"What was *that* like?" said Alice.

"Well, I can't show it you myself," the Mock Turtle said: "I'm too stiff. And the Gryphon never learnt it."

"Hadn't time," said the Gryphon: "I went to the Classics master, though. He was an old crab, *he* was."

"I never went to him," the Mock Turtle said with a sigh: "he taught Laughing and Grief, they used to say."

— E o que você fazia? — perguntou Alice.

— Pra começar, muita lerdura e patifaria, é claro — respondeu a Tartaruga Fingida. — E depois os diferentes ramos da aritmética: afeiação, subversão, maculação e detração.

— Nunca ouvi falar de "afeiação" — Alice arriscou dizer. — O que é?

O Grifo ergueu ambas as patas em surpresa.

— O quê?! Nunca ouviu falar de afeiar! — exclamou. — Suponho que saiba o que é embelezar?

— Sim — respondeu Alice, hesitante. — Significa… tornar… qualquer coisa… mais bonita.

— Bem, então — o Grifo continuou. — Se não sabe o que é afeiar, você é uma tola.

Alice não se sentiu encorajada a fazer mais perguntas sobre o assunto, então virou-se para a Tartaruga Fingida e disse:

— O que mais você tinha de aprender?

— Bem, havia escória — respondeu a Tartaruga Fingida, contando os assuntos em suas nadadeiras. — Escória antiga e moderna, com gelografia. Depois desgrenho… A professora de desgrenho era uma enguia velha, que costumava vir uma vez por semana. Ela nos ensinava desgrenho, ex-moço e pendura-olhos.

— E como era *isso*? — perguntou Alice.

— Bem, não consigo lhe mostrar — disse a Tartaruga Fingida. — Não tenho mais a destreza. E o Grifo nunca aprendeu.

— Não tive tempo — pontuou o Grifo. — Estava no curso de clássicos. Nosso mestre era um velho caranguejo, isso ele era.

— Nunca fui a ele — disse a Tartaruga Fingida com um suspiro. — Dizem que ele ensinava latir e gracejo.

"So he did, so he did," said the Gryphon, sighing in his turn; and both creatures hid their faces in their paws.

"And how many hours a day did you do lessons?" said Alice, in a hurry to change the subject.

"Ten hours the first day," said the Mock Turtle: "nine the next, and so on."

"What a curious plan!" exclaimed Alice.

"That's the reason they're called lessons," the Gryphon remarked: "because they lessen from day to day."

This was quite a new idea to Alice, and she thought it over a little before she made her next remark.

"Then the eleventh day must have been a holiday?"

"Of course it was," said the Mock Turtle.

"And how did you manage on the twelfth?" Alice went on eagerly.

"That's enough about lessons," the Gryphon interrupted in a very decided tone: "tell her something about the games now."

— Sim, sim, ele ensinava mesmo — concordou o Grifo, suspirando por sua vez. Ambas as criaturas esconderam o rosto nas patas.

— E quantas horas por dia você estudava? — perguntou Alice, apressada em mudar de assunto.

— Dez horas no primeiro dia — respondeu a Tartaruga Fingida. — Nove no próximo, e assim por diante.

— Que curioso! — exclamou Alice.

— É por isso que são chamados de cursos — observou o Grifo. — Porque ficam cada dia mais curtos.

Isso era uma ideia totalmente nova para Alice, e ela pensou um pouco antes de fazer seu próximo comentário.

— Então o décimo primeiro dia deve ter sido um feriado?

— Claro que sim — confirmou a Tartaruga Fingida.

— E como vocês faziam no décimo segundo? — Alice continuou ansiosamente.

— Já é o bastante sobre cursos — interrompeu o Grifo em um tom muito decidido. — Conte-lhe algo sobre os jogos agora.

CHAPTER X

The Lobster Quadrille

The Mock Turtle sighed deeply, and drew the back of one flapper across his eyes. He looked at Alice, and tried to speak, but for a minute or two sobs choked his voice.

"Same as if he had a bone in his throat," said the Gryphon: and it set to work shaking him and punching him in the back. At last the Mock Turtle recovered his voice, and, with tears running down his cheeks, he went on again:—

"You may not have lived much under the sea—"

("I haven't," said Alice)—

"and perhaps you were never even introduced to a lobster—"

(Alice began to say,

CAPÍTULO X

A quadrilha de lagosta

A Tartaruga Fingida suspirou profundamente e passou o dorso de uma nadadeira pelos olhos. Observou Alice e tentou falar, mas, por um ou dois minutos, soluços sufocaram sua voz.

— É como se estivesse com um osso na garganta — comentou o Grifo, e se pôs a sacudi-la e a socá-la nas costas. Por fim, a Tartaruga Fingida recuperou a voz e, com lágrimas escorrendo pelas bochechas, continuou:

— Você pode não ter vivido muito no fundo do mar...

— Eu não vivi — interveio Alice.

— E talvez você nunca tenha sido apresentada a uma lagosta...

Alice começou a dizer:

"Back to land again, and that's all the first figure," said the Mock Turtle, suddenly dropping his voice; and the two creatures, who had been jumping about like mad things all this time, sat down again very sadly and quietly, and looked at Alice.

"It must be a very pretty dance," said Alice timidly.

"Would you like to see a little of it?" said the Mock Turtle.

"Very much indeed," said Alice.

"Come, let's try the first figure!" said the Mock Turtle to the Gryphon. "We can do without lobsters, you know. Which shall sing?"

"Oh, *you* sing," said the Gryphon. "I've forgotten the words."

So they began solemnly dancing round and round Alice, every now and then treading on her toes when they passed too close, and waving their forepaws to mark the time, while the Mock Turtle sang this, very slowly and sadly:—

"Will you walk a little faster?" said a whiting to a snail.
"There's a porpoise close behind us, and he's treading on my tail.
See how eagerly the lobsters and the turtles all advance!
They are waiting on the shingle—will you come and join the dance?

Will you, won't you, will you, won't you, will you join the dance?
Will you, won't you, will you, won't you, won't you join the dance?

— Volte para a terra firme. E essa é a primeira coreografia — disse a Tartaruga Fingida, de súbito baixando a voz. As duas criaturas que tinham pulado como loucas o tempo todo sentaram-se de novo, muito tristes e silenciosas, e fitaram Alice.

— Deve ser uma dança muito bonita — inferiu Alice timidamente.

— Gostaria de ver um pouco dela? — ofereceu a Tartaruga Fingida.

— Gostaria muito — respondeu Alice.

— Vamos, vamos tentar a primeira coreografia! — incentivou a Tartaruga Fingida ao Grifo. — Podemos fazer sem lagostas, sabe. Quem vai cantar?

— Ah, você canta — sugeriu o Grifo. — Esqueci a letra.

Em tom solene, começaram a dançar em volta de Alice, de vez em quando pisando em seus dedos quando passavam muito perto, e agitando as patas dianteiras para marcar o tempo, enquanto a Tartaruga Fingida cantava assim, muito triste e lentamente:

"Você poderia andar um pouco mais rápido?", disse um badejo a um caracol.

"Tem um polvo logo atrás de nós, que vai me fazer pisar num anzol.
Veja como cada lagosta e tartaruga ansiosamente avança!
Estão esperando na praia... você vai se juntar à dança?
Você vai, não vai, você vai, não vai, você vai se juntar à dança?
Você vai, não vai, você vai, não vai, você não vai se juntar à dança?"

"I believe so," Alice replied thoughtfully. "They have their tails in their mouths—and they're all over crumbs."

"You're wrong about the crumbs," said the Mock Turtle: "crumbs would all wash off in the sea. But they *have* their tails in their mouths; and the reason is—" here the Mock Turtle yawned and shut his eyes.—"Tell her about the reason and all that," he said to the Gryphon.

"The reason is," said the Gryphon, "that they *would* go with the lobsters to the dance. So they got thrown out to sea. So they had to fall a long way. So they got their tails fast in their mouths. So they couldn't get them out again. That's all."

"Thank you," said Alice, "it's very interesting. I never knew so much about a whiting before."

"I can tell you more than that, if you like," said the Gryphon. "Do you know why it's called a whiting?"

"I never thought about it," said Alice. "Why?"

"It does the boots and shoes." the Gryphon replied very solemnly.

Alice was thoroughly puzzled.

"Does the boots and shoes!" she repeated in a wondering tone.

"Why, what are *your* shoes done with?" said the Gryphon. "I mean, what makes them so shiny?"

Alice looked down at them, and considered a little before she gave her answer.

"They're done with blacking, I believe."

"Boots and shoes under the sea," the Gryphon went on in a deep voice, "are done with a whiting. Now you know."

"And what are they made of?" Alice asked in a tone of great curiosity.

— Creio que sim — respondeu Alice, pensativa. — Eles têm a cauda na boca... e ficam em cima de farelos.

— Você está errada sobre os farelos — observou a Tartaruga Fingida. — Os farelos seriam levados pelo mar. Mas eles têm a cauda na boca. E a razão disso é... — Aqui a Tartaruga Fingida bocejou e fechou os olhos. — Conte a ela sobre a razão e tudo mais — disse ao Grifo.

— A razão é — disse o Grifo — que eles *costumavam* ir com as lagostas para a dança. Então foram jogados ao mar. Então tiveram de nadar por um longo caminho. Então prenderam a cauda na boca. Então não conseguiram tirá-las de novo. É isso.

— Obrigada — agradeceu Alice. — É muito interessante. Eu nunca soube tanto sobre um badejo antes.

— Posso lhe contar mais do que isso, se quiser — sugeriu o Grifo. — Sabe por que é chamado de badejo?

— Nunca pensei sobre isso — replicou Alice. — Por quê?

— Ele trata botas e sapatos — respondeu o Grifo de modo muito solene.

Alice ficou completamente confusa.

— Trata botas e sapatos! — ela repetiu em tom de admiração.

— Ora, como são tratados seus sapatos? — disse o Grifo. — Quer dizer, o que os deixa tão brilhantes?

Alice olhou para baixo, para eles, e ponderou um pouco antes de dar sua resposta.

— São tratados com graxa, acredito.

— Botas e sapatos no fundo do mar — continuou o Grifo com uma voz profunda — são tratados com um badejo. Agora você sabe.

— E do que eles são feitos? — perguntou Alice com grande curiosidade.

were perfectly quiet till she got to the part about her repeating "You are old, Father William," to the Caterpillar, and the words all coming different, and then the Mock Turtle drew a long breath, and said,

"That's very curious."

"It's all about as curious as it can be," said the Gryphon.

"It all came different!" the Mock Turtle repeated thoughtfully. "I should like to hear her try and repeat something now. Tell her to begin." He looked at the Gryphon as if he thought it had some kind of authority over Alice.

"Stand up and repeat *'Tis the voice of the sluggard,'*" said the Gryphon.

"How the creatures order one about, and make one repeat lessons!" thought Alice; "I might as well be at school at once." However, she got up, and began to repeat it, but her head was so full of the Lobster Quadrille, that she hardly knew what she was saying, and the words came very queer indeed:—

"'Tis the voice of the Lobster; I heard him declare, 'You have baked me too brown, I must sugar my hair.' As a duck with its eyelids, so he with his nose Trims his belt and his buttons, and turns out his toes."

When the sands are all dry, he is gay as a lark,
And will talk in contemptuous tones of the Shark,
But, when the tide rises and sharks are around,
His voice has a timid and tremulous sound.

"That's different from what I used to say when I was a child," said the Gryphon.

estavam perfeitamente quietos até que ela chegou à parte em que repetiu "Estás velho, Pai Guilherme" para a Lagarta, e as palavras todas vieram diferentes, e então a Tartaruga Fingida respirou fundo e disse:

— Isso é muito curioso.

— É tão curioso quanto pode ser — disse o Grifo.

— Tudo veio diferente! — a Tartaruga Fingida repetiu, pensativa. — Eu gostaria de ouvi-la tentar repetir alguma coisa agora. Diga para ela começar. — Ele olhou para o Grifo como se pensasse que ele tinha algum tipo de autoridade sobre Alice.

— Levante-se e recite "É a voz do preguiçoso" — solicitou o Grifo.

Como as criaturas gostam de mandar e fazer a gente repetir tarefas!, pensou Alice. *Parece até que estou na escola.* No entanto, levantou-se e começou a recitar, mas sua cabeça estava tão cheia da Quadrilha de Lagosta que mal sabia o que estava dizendo, e as palavras saíram realmente muito estranhas.

— *É a voz da lagosta, eu o ouvi declarar. "Você me assou demais, preciso meu cabeço açucarar." Como um pato faz com suas pálpebras, assim ele faz com seu nariz. Ajusta seu cinto e seus botões, e vira seus dedos dos pés por um triz.*

Quando as areias estão todas secas, ele é alegre como um passsarinho,

    e vai falar mal do tubarão bem rapidinho,

    mas, quando a maré sobe e os tubarões estão por perto,

    sua voz tem um som tímido e incerto.

— É diferente do que eu costumava recitar quando era criança — pontuou o Grifo.

"Well, I never heard it before," said the Mock Turtle; "but it sounds uncommon nonsense."

Alice said nothing; she had sat down with her face in her hands, wondering if anything would *ever* happen in a natural way again.

"I should like to have it explained," said the Mock Turtle.

"She can't explain it," said the Gryphon hastily. "Go on with the next verse."

"But about his toes?" the Mock Turtle persisted. "How *could* he turn them out with his nose, you know?"

"It's the first position in dancing." Alice said; but was dreadfully puzzled by the whole thing, and longed to change the subject.

"Go on with the next verse," the Gryphon repeated impatiently: "it begins 'I passed by his garden.'"

Alice did not dare to disobey, though she felt sure it would all come wrong, and she went on in a trembling voice:—

*I passed by his garden, and marked, with one eye,
How the Owl and the Panther were sharing a pie--'
The Panther took pie-crust, and gravy, and meat,
While the Owl had the dish as its share of the treat.
When the pie was all finished, the Owl, as a boon,
Was kindly permitted to pocket the spoon:
While the Panther received knife and fork with a growl,
And concluded the banquet—*

"What *is* the use of repeating all that stuff," the Mock Turtle interrupted, "if you don't explain it as you go on? It's by far the most confusing thing I ever heard!"

— Bem, nunca ouvi isso antes — disse a Tartaruga Fingida. — Mas parece uma baboseira incomum.

Alice não disse nada. Ela tinha sentado com o rosto nas mãos, perguntando-se se alguma coisa aconteceria de forma natural novamente.

— Gostaria de uma explicação — declarou a Tartaruga Fingida.

— Ela não consegue explicar — disse o Grifo com agilidade. — Continue com o próximo verso.

— Mas e os dedos dele? — a Tartaruga Fingida persistiu. — Como podia virá-los para fora com o nariz?

— É a primeira posição na dança — explicou Alice. Mas estava terrivelmente confusa com tudo, e ansiava por mudar de assunto.

— Continue com o próximo verso — o Grifo repetiu, sem paciência. — Começa com "passava por seu jardim".

Alice não ousou desobedecê-lo, embora sentisse que tudo daria errado. Continuou com voz trêmula:

Passava por seu jardim, e notei, com só um olho,
Como a Coruja e a Pantera dividiam uma torta com molho...
A Pantera pegou para si a carne, o molho e toda a massa,
E para a Coruja apenas sobrou o prato, bem sem graça.
Quando a torta se acabou, a Coruja encontrou uma regalia
Foi permitida a enfiar a colher no bolso, mas só por garantia:
Enquanto a Pantera pegava a faca e o garfo com um rosnado
E concluía o banquete...

— *Para que* repetir toda essa coisa — a Tartaruga Fingida interrompeu —, se não explicar enquanto continua? É a coisa mais confusa que já ouvi!

"Yes, I think you'd better leave off," said the Gryphon: and Alice was only too glad to do so.

"Shall we try another figure of the Lobster Quadrille?" the Gryphon went on. "Or would you like the Mock Turtle to sing you a song?"

"Oh, a song, please, if the Mock Turtle would be so kind," Alice replied, so eagerly that the Gryphon said, in a rather offended tone,

"Hm! No accounting for tastes! Sing her 'Turtle Soup,' will you, old fellow?"

The Mock Turtle sighed deeply, and began, in a voice sometimes choked with sobs, to sing this:—

> "Beautiful Soup, so rich and green,
> Waiting in a hot tureen!
> Who for such dainties would not stoop?
> Soup of the evening, beautiful Soup!
> Soup of the evening, beautiful Soup!
> Beau—ootiful Soo—oop! Beau—ootiful Soo—oop!
> Soo—oop of the e—e—evening, Beautiful,

> beautiful Soup!
> "Beautiful Soup! Who cares for fish, Game, or any other dish?
> Who would not give all else for two pennyworth only of beautiful Soup?
> Pennyworth only of beautiful Soup?
> Beau—ootiful Soo—oop! Beau—ootiful Soo—oop!
> Soo—oop of the e—e—evening, Beautiful, beauti—FUL SOUP!"

— Sim, acho melhor você parar — concordou o Grifo. Alice ficou muito feliz em fazer isso. — Vamos tentar outra coreografia da Quadrilha de Lagosta? — continuou ele. — Ou gostaria que a Tartaruga Fingida lhe cantasse uma música?

— Oh, uma música, por favor, se a Tartaruga Fingida puder ser tão gentil — respondeu Alice, tão ansiosa que o Grifo disse, em um tom um tanto ofendido:

— Hum! Gosto não se discute! Cante "Sopa de tartaruga" para ela, velha camarada?

A Tartaruga Fingida suspirou profundamente e começou, com uma voz às vezes engasgada de soluços, a cantar:

Sopa deliciosa, tão verde e deliciosa,
Esperando em uma terrina graciosa!
Quem por tais iguarias não se curvaria?
Sopa da noite, sopa deliciosa!
Sopa da noite, Sopa deliciosa!
De-li-ci-o-sa so-pa! So-pa de-li-ci-o-sa!
So-pa da noi-oi-te, Delici-o-sa so-pa!

Sopa deliciosa!
Quem se importa com peixe, carne, ou qualquer outro prato?
Quem não daria tudo por apenas duas moedas de sopa deliciosa?
Apenas duas moedas de sopa deliciosa!
De-li-ci-o-sa so-pa! De-li-ci-o-sa so-pa!
So-pa da noi-oi-te, delici-o-sa, deli-ci-SOPA!

CHAPTER XI

Who Stole the Tarts?

T he King and Queen of Hearts were seated on their throne when they arrived, with a great crowd assembled about them—all sorts of little birds and beasts, as well as the whole pack of cards: the Knave was standing before them, in chains, with a soldier on each side to guard him; and near the King was the White Rabbit, with a trumpet in one hand, and a scroll of parchment in the other. In the very middle of the court was a table, with a large dish of tarts upon it: they looked so good, that it made Alice quite hungry to look at them—

"I wish they'd get the trial done," she thought, "and hand round the refreshments!" But there seemed to be no chance of this, so she began looking at everything about her, to pass away the time.

CAPÍTULO XI

Quem roubou as tortas?

O Rei e a Rainha de Copas estavam sentados em seu trono quando Alice chegou, com uma grande multidão reunida ao redor deles — todo tipo de pequenos pássaros e outros animais, bem como o baralho completo de cartas. O Valete estava diante deles, acorrentado, com um soldado de cada lado para guardá-lo. Perto do Rei estava o Coelho Branco, com uma trombeta em uma das mãos e um pergaminho na outra. No meio da corte havia uma mesa com um grande prato de tortas sobre ela. Pareciam tão boas que fizeram Alice sentir muita fome ao contemplá-las.

Gostaria que concluíssem o julgamento, pensou ela, *e distribuíssem os petiscos!* Mas não parecia haver chance disso, então ela começou a observar o ambiente ao seu redor na tentativa de fazer o tempo passar mais rápido.

Alice could see, as well as if she were looking over their shoulders, that all the jurors were writing down "stupid things!" on their slates, and she could even make out that one of them didn't know how to spell "stupid," and that he had to ask his neighbour to tell him.

"A nice muddle their slates'll be in before the trial's over!" thought Alice.

One of the jurors had a pencil that squeaked. This of course, Alice could *not* stand, and she went round the court and got behind him, and very soon found an opportunity of taking it away. She did it so quickly that the poor little juror (it was Bill, the Lizard) could not make out at all what had become of it; so, after hunting all about for it, he was obliged to write with one finger for the rest of the day; and this was of very little use, as it left no mark on the slate.

"Herald, read the accusation!" said the King.

On this the White Rabbit blew three blasts on the trumpet, and then unrolled the parchment scroll, and read as follows:—

The Queen of Hearts, she made some tarts,
All on a summer day:
The Knave of Hearts,
he stole those tarts,
And took them quite away!

"Consider your verdict," the King said to the jury.

"Not yet, not yet!" the Rabbit hastily interrupted. "There's a great deal to come before that!"

"Call the first witness," said the King; and the White Rabbit blew three blasts on the trumpet, and called out, "First witness!"

Alice podia ver, como se olhasse por cima dos ombros deles, que todos os jurados escreviam "coisas estúpidas!" em suas pranchetas, e ela até percebeu que um deles não sabia como soletrar "estúpidas" e teve de pedir ao vizinho que lhe ensinasse.

Que belo emaranhado estarão suas pranchetas antes do fim do julgamento!, pensou Alice.

Um dos jurados tinha um lápis que guinchava. Isso, é claro, Alice não podia suportar, então circulou o tribunal, ficou atrás dele, e logo encontrou uma oportunidade de pegar o objeto. Ela fez isso tão rapidamente que o pobre pequeno jurado (era Bill, o Lagarto) não conseguiu entender de jeito nenhum o que havia acontecido. Então, depois de procurar por ele em todos os lugares, foi obrigado a escrever com o dedo pelo restante do dia. E isso foi de pouca utilidade, já que não deixava marca alguma na prancheta.

— Arauto, leia a acusação! — ordenou o Rei.

Com isso, o Coelho Branco soprou três toques na trombeta e então desenrolou o pergaminho, lendo o seguinte:

A Rainha de Copas fez algumas tortas,
Num dia de verão:
O Valete de Copas, ele roubou essas tortas,
E as jogou todas no chão!

— Considere seu veredito — disse o Rei ao júri.

— Ainda não, ainda não! — o Coelho apressou-se em interromper. — Há muito a ser feito antes disso!

— Chame a primeira testemunha — mandou o Rei. O Coelho Branco soprou três toques na trombeta, e chamou:

— Primeira testemunha!

Just at this moment Alice felt a very curious sensation, which puzzled her a good deal until she made out what it was: she was beginning to grow larger again, and she thought at first she would get up and leave the court; but on second thoughts she decided to remain where she was as long as there was room for her.

"I wish you wouldn't squeeze so," said the Dormouse, who was sitting next to her. "I can hardly breathe."

"I can't help it," said Alice very meekly: "I'm growing."

"You've no right to grow *here*," said the Dormouse.

"Don't talk nonsense," said Alice more boldly: "you know you're growing too."

"Yes, but *I* grow at a reasonable pace," said the Dormouse: "not in that ridiculous fashion." And he got up very sulkily and crossed over to the other side of the court.

All this time the Queen had never left off staring at the Hatter, and, just as the Dormouse crossed the court, she said to one of the officers of the court, "Bring me the list of the singers in the last concert!" on which the wretched Hatter trembled so, that he shook both his shoes off.

"Give your evidence," the King repeated angrily, "or I'll have you executed, whether you're nervous or not."

"I'm a poor man, your Majesty," the Hatter began, in a trembling voice, "—and I hadn't begun my tea—not above a week or so—and what with the bread-and-butter getting so thin—and the twinkling of the tea—"

"The twinkling of the *what?*" said the King.

"It *began* with the tea," the Hatter replied.

Justo nesse momento, Alice sentiu uma sensação muito curiosa, que a intrigou bastante até entender o que era: estava começando a crescer de novo. A princípio, pensou em se levantar e sair do tribunal. Mas, numa segunda reflexão, decidiu ficar onde estava enquanto houvesse espaço para ela.

— Eu gostaria que você não me apertasse tanto — observou o Arganaz, que estava sentado ao lado dela. — Mal consigo respirar.

— Não consigo evitar — replicou Alice muito humildemente. — Estou crescendo.

— Você não tem direito de crescer aqui — rebateu o Arganaz.

— Não fale besteiras — disse Alice, com mais coragem. — Você sabe que está crescendo também.

— Sim, mas *eu* cresço em um ritmo razoável — respondeu o Arganaz. — Não dessa maneira ridícula.— E ele se levantou, muito zangado, e atravessou para o outro lado do tribunal.

Durante todo esse tempo, a Rainha não parou de encarar o Chapeleiro, e, assim que o Arganaz atravessou o tribunal, ela disse a um dos oficiais:

— Traga-me a lista dos cantores do último concerto! — E isso fez o desgraçado Chapeleiro tremer tanto que chacoalhou ambos os sapatos.

— Dê seu depoimento — repetiu o Rei com raiva. — Ou mandarei executá-lo, esteja você nervoso ou não.

— Sou só um pobre homem, Majestade — começou o Chapeleiro, com a voz trêmula. — E não tinha começado meu chá… não faz nem uma semana direito… e com o pão com manteiga ficando escasso… e o tilintar do chá…

— O tilintar do quê? — disse o Rei.

— *Q não*, tilintar com *T* — respondeu o Chapeleiro.

"Of course twinkling *begins* with a T!" said the King sharply. "Do you take me for a dunce? Go on!"

"I'm a poor man," the Hatter went on, "and most things twinkled after that—only the March Hare said—"

"I didn't!" the March Hare interrupted in a great hurry.

"You did!" said the Hatter.

"I deny it!" said the March Hare.

"He denies it," said the King: "leave out that part."

"Well, at any rate, the Dormouse said—" the Hatter went on, looking anxiously round to see if he would deny it too: but the Dormouse denied nothing, being fast asleep.

"After that," continued the Hatter, "I cut some more bread-and-butter—"

"But what did the Dormouse say?" one of the jury asked.

"That I can't remember," said the Hatter.

"You *must* remember," remarked the King, "or I'll have you executed."

The miserable Hatter dropped his teacup and bread-and-butter, and went down on one knee. "I'm a poor man, your Majesty," he began.

"You're a very poor *speaker*," said the King.

Here one of the guinea-pigs cheered, and was immediately suppressed by the officers of the court. (As that is rather a hard word, I will just explain to you how it was done. They had a large canvas bag, which tied up at the mouth with strings: into this they slipped the guinea-pig, head first, and then sat upon it.)

— É claro que tilintar começa com *T*! — disse o Rei bruscamente. — Você me toma por ignorante? Continue!

— Sou só um pobre homem — continuou o Chapeleiro. — E a maioria das coisas tilintava depois disso, só que a Lebre de Março disse…

— Eu não disse! — interrompeu-o apressadamente a Lebre de Março.

— Você disse! — insistiu o Chapeleiro.

— Eu nego! — retrucou a Lebre de Março.

— Ele nega — declarou o Rei. — Deixe essa parte de fora.

— Bem, de qualquer forma, o Arganaz disse — continuou o Chapeleiro, perscrutando com ansiedade ao redor para ver se ele também negaria. Mas o Arganaz não negava nada, pois estava profundamente adormecido.

— Depois disso — continuou o Chapeleiro —, cortei mais ainda o pão com manteiga.

— Mas o que o Arganaz disse? — perguntou um dos jurados.

— Isso não consigo lembrar — replicou o Chapeleiro.

— Você *tem* de se lembrar — observou o Rei. — Ou mandarei executá-lo.

O pobre Chapeleiro deixou cair sua xícara de chá e pão com manteiga, e se curvou de joelhos.

— Sou um homem pobre, Majestade — ele começou.

— Você é um *orador* muito pobre — disse o Rei.

Aqui um dos porquinhos-da-índia aplaudiu, e foi imediatamente suprimido pelos oficiais do tribunal. (Como essa é uma palavra um tanto difícil, explicarei como foi feito. Tinham um grande saco de lona com cordas amarrando a boca. Empurraram o porquinho-da-índia para dentro do saco, com a cabeça primeiro, e então se sentaram sobre ele.)

"I'm glad I've seen that done," thought Alice. "I've so often read in the newspapers, at the end of trials, 'There was some attempts at applause, which was immediately suppressed by the officers of the court,' and I never understood what it meant till now."

"If that's all you know about it, you may stand down," continued the King.

"I can't go no lower," said the Hatter: "I'm on the floor, as it is."

"Then you may *sit* down," the King replied.

Here the other guinea-pig cheered, and was suppressed.

"Come, that finished the guinea-pigs!" thought Alice. "Now we shall get on better."

"I'd rather finish my tea," said the Hatter, with an anxious look at the Queen, who was reading the list of singers.

"You may go," said the King, and the Hatter hurriedly left the court, without even waiting to put his shoes on.

"—and just take his head off outside," the Queen added to one of the officers: but the Hatter was out of sight before the officer could get to the door.

"Call the next witness!" said the King.

The next witness was the Duchess's cook. She carried the pepper-box in her hand, and Alice guessed who it was, even before she got into the court, by the way the people near the door began sneezing all at once.

"Give your evidence," said the King.

"Shan't," said the cook.

Estou contente de ter visto isso acontecer, pensou Alice. *Tantas vezes li nos jornais, no final dos julgamentos: "Houve tentativas de aplausos, que foram imediatamente suprimidas pelos oficiais do tribunal", e nunca tinha entendido o que isso significava até agora.*

— Se é tudo o que você sabe sobre isso, pode descer do banco das testemunhas — continuou o Rei.

— Não não consigo descer mais — discordou o Chapeleiro. — Já estou bem perto do chão.

— Então pode *ficar sentado* — respondeu o Rei.

Aqui o outro porquinho-da-índia aplaudiu, e foi suprimido.

Ótimo, acabaram-se os porquinhos-da-índia!, pensou Alice. *Agora está melhor.*

— Eu preferiria terminar meu chá — pontuou o Chapeleiro, com um olhar ansioso para a Rainha, que estava lendo a lista de cantores.

— Você pode ir — dispensou-o o Rei, e o Chapeleiro deixou apressadamente o tribunal, sem nem esperar para calçar seus sapatos.

— ...E corte-lhe a cabeça — a Rainha acrescentou a um dos oficiais. Mas o Chapeleiro tinha sumido de vista antes que o oficial chegasse à porta.

— Chame a próxima testemunha! — ordenou o Rei.

A próxima testemunha era a cozinheira da Duquesa. Ela carregava o pimenteiro na mão, e Alice adivinhou quem era, mesmo antes de ela entrar no tribunal, pelo fato de as pessoas perto da porta terem começado a espirrar juntas.

— Dê seu depoimento — mandou o Rei.

— Não vou — recusou-se a cozinheira.

The King looked anxiously at the White Rabbit, who said in a low voice, "Your Majesty must cross-examine *this* witness."

"Well, if I must, I must," the King said, with a melancholy air, and, after folding his arms and frowning at the cook till his eyes were nearly out of sight, he said in a deep voice, "What are tarts made of?"

"Pepper, mostly," said the cook.

"Treacle," said a sleepy voice behind her.

"Collar that Dormouse," the Queen shrieked out. "Behead that Dormouse! Turn that Dormouse out of court! Suppress him! Pinch him! Off with his whiskers!"

For some minutes the whole court was in confusion, getting the Dormouse turned out, and, by the time they had settled down again, the cook had disappeared.

"Never mind!" said the King, with an air of great relief. "Call the next witness." And he added in an undertone to the Queen, "Really, my dear, *you* must cross-examine the next witness. It quite makes my forehead ache!"

Alice watched the White Rabbit as he fumbled over the list, feeling very curious to see what the next witness would be like, "—for they haven't got much evidence *yet*," she said to herself. Imagine her surprise, when the White Rabbit read out, at the top of his shrill little voice, the name "Alice!"

O Rei olhou ansiosamente para o Coelho Branco, que disse em voz baixa:

— Vossa Majestade deve interrogar *essa* testemunha.

— Bem, se eu devo, eu devo — concordou o Rei, com ar melancólico. Depois de cruzar os braços e franzir a testa para a cozinheira até que seus olhos quase sumissem, o monarca disse com voz profunda: — De que são feitas as tortas?

— De pimenta, a maior parte — respondeu a cozinheira.

— Melado — interveio uma voz sonolenta atrás dela.

— Prenda aquele Arganaz — gritou a Rainha. — Degolem aquele Arganaz! Expulsem-no do tribunal! Suprimam-no! Belisquem-no! Cortem-lhe os bigodes!

Por minutos, toda a corte ficou em confusão, expulsando o Arganaz, e, quando por fim se acalmaram, a cozinheira tinha desaparecido.

— Não importa! — afirmou o Rei, com um ar de grande alívio. — Chame a próxima testemunha. — E acrescentou em tom baixo para a Rainha: — Na verdade, minha querida, *você* precisa interrogar a próxima testemunha. Isso está me dando uma dor de cabeça terrível!

Alice observou o Coelho Branco mexendo na lista, sentindo-se muito curiosa para ver quem seria a próxima testemunha, "pois eles não têm muitas evidências *ainda*", ela disse para si mesma. Imagine sua surpresa quando o Coelho Branco leu, com voz aguda, o nome "Alice!".

"The trial cannot proceed," said the King in a very grave voice, "until all the jurymen are back in their proper places—*all*," he repeated with great emphasis, looking hard at Alice as he said do.

Alice looked at the jury-box, and saw that, in her haste, she had put the Lizard in head downwards, and the poor little thing was waving its tail about in a melancholy way, being quite unable to move. She soon got it out again, and put it right; 'not that it signifies much,' she said to herself; "I should think it would be *quite* as much use in the trial one way up as the other."

As soon as the jury had a little recovered from the shock of being upset, and their slates and pencils had been found and handed back to them, they set to work very diligently to write out a history of the accident, all except the Lizard, who seemed too much overcome to do anything but sit with its mouth open, gazing up into the roof of the court.

"What do you know about this business?" the King said to Alice.

"Nothing," said Alice.

"Nothing *whatever*?" persisted the King.

"Nothing *whatever*," said Alice.

"That's very important," the King said, turning to the jury. They were just beginning to write this down on their slates, when the White Rabbit interrupted:

"*Un*important, your Majesty means, of course," he said in a very respectful tone, but frowning and making faces at him as he spoke.

"*Un*important, of course, I meant," the King hastily said, and went on to himself in an undertone,

— O julgamento não pode prosseguir — anunciou o Rei com voz muito grave — até que todos os jurados estejam de volta aos seus lugares adequados. Todos! — repetiu com grande ênfase, olhando fixamente para Alice ao dizê-lo.

Alice olhou para o banco do júri e viu que, na pressa, tinha colocado o Lagarto de cabeça para baixo, e a pobre criatura agitava a cauda de maneira melancólica, incapaz de se mover. Logo a menina conseguiu retirá-lo e corrigir sua posição.

— Não que isso signifique muito — Alice disse para si mesma. — Acho que seria tão útil no julgamento de um jeito quanto do outro.

Assim que o júri se recuperou um pouco do choque de ter sido derrubado, e suas pranchetas e seus lápis foram encontrados e devolvidos, puseram-se a trabalhar com diligência para escrever a história do acidente. Todos, exceto o Lagarto, que parecia muito abalado para fazer qualquer coisa além de sentar-se com a boca aberta, mirando o teto do tribunal.

— O que você sabe sobre isso tudo? — o Rei perguntou a Alice.

— Nada — respondeu Alice.

— Nada *mesmo*? — insistiu o Rei.

— Nada *mesmo* — replicou Alice.

— Isso é muito importante — disse o Rei, virando-se para o júri. Estavam prestes a começar a escrever isso nas pranchetas quando o Coelho Branco interrompeu.

— *Des*importante, Vossa Majestade quer dizer, é claro — ele disse em tom muito respeitoso, mas fazendo caretas conforme falava.

— *Des*importante, é claro, eu quis dizer — concordou o Rei apressadamente, e continuou consigo mesmo em voz baixa:

"important—unimportant— unimportant—important—" as if he were trying which word sounded best.

Some of the jury wrote it down "important," and some "unimportant." Alice could see this, as she was near enough to look over their slates;

"but it doesn't matter a bit," she thought to herself.

At this moment the King, who had been for some time busily writing in his note-book, cackled out,

"Silence!" and read out from his book, "Rule Forty-two. *All persons more than a mile high to leave the court.*"

Everybody looked at Alice.

"*I'm* not a mile high," said Alice.

"You are," said the King.

"Nearly two miles high," added the Queen.

"Well, I shan't go, at any rate," said Alice: "besides, that's not a regular rule: you invented it just now."

"It's the oldest rule in the book," said the King.

"Then it ought to be Number One," said Alice.

The King turned pale, and shut his note-book hastily. "Consider your verdict," he said to the jury, in a low, trembling voice.

"There's more evidence to come yet, please your Majesty," said the White Rabbit, jumping up in a great hurry; "this paper has just been picked up."

"What's in it?" said the Queen.

— Importante… desimportante… desimportante… importante… — Como se tentasse descobrir qual palavra soava melhor.

Alguns do júri escreveram "importante" e outros "desimportante". Alice pôde averiguá-lo, pois estava perto o suficiente para espiar por cima de suas pranchetas.

Mas não faz a menor diferença, ela pensou consigo.

Nesse momento, o Rei, que há algum tempo vinha escrevendo diligentemente em seu caderno de notas, exclamou:

— Silêncio! — E leu em voz alta de seu livro: — Regra quarenta e dois. *Todas as pessoas com mais de um quilômetro e meio de altura devem deixar o tribunal.*

Todos se voltaram para Alice.

— Não tenho um quilômetro e meio de altura — rebateu Alice.

— Você tem — disse o Rei.

— Quase três quilômetros de altura — acrescentou a Rainha.

— Bem, não vou, seja como for — disse Alice. — Além do mais, isso não é uma regra comum. Você acabou de inventá-la.

— É a regra mais antiga do livro — insistiu o Rei.

— Então deveria ser a regra número um — argumentou Alice.

O Rei ficou pálido e fechou seu caderno de notas com rapidez.

— Considere seu veredito — o monarca disse ao júri, com voz baixa e trêmula.

— Por favor, Vossa Majestade, ainda há mais depoimentos a serem apresentados — interveio o Coelho Branco, pulando apressado. — Este papel acabou de ser encontrado.

— O que há nele? — questionou a Rainha.

"I haven't opened it yet," said the White Rabbit, "but it seems to be a letter, written by the prisoner to—to somebody."

"It must have been that," said the King, "unless it was written to nobody, which isn't usual, you know."

"Who is it directed to?" said one of the jurymen.

"It isn't directed at all," said the White Rabbit; "in fact, there's nothing written on the *outside*." He unfolded the paper as he spoke, and added "It isn't a letter, after all: it's a set of verses."

"Are they in the prisoner's handwriting?" asked another of they jurymen.

"No, they're not," said the White Rabbit, "and that's the queerest thing about it."

(The jury all looked puzzled.)

"He must have imitated somebody else's hand," said the King.

(The jury all brightened up again.)

"Please your Majesty," said the Knave, "I didn't write it, and they can't prove I did: there's no name signed at the end."

"If you didn't sign it," said the King, "that only makes the matter worse. You *must* have meant some mischief, or else you'd have signed your name like an honest man."

There was a general clapping of hands at this: it was the first really clever thing the King had said that day.

"That *proves* his guilt," said the Queen.

"It proves nothing of the sort!" said Alice. "Why, you don't even know what they're about!"

"Read them," said the King.

The White Rabbit put on his spectacles.

— Ainda não o abri — disse o Coelho Branco. — Mas parece uma carta, escrita pelo prisioneiro para... para alguém.

— Deve ser isso mesmo — disse o Rei. — A menos que tenha sido escrita para ninguém, o que não é comum, não é mesmo?

— A quem é dirigida? — indagou um dos jurados.

— Não é dirigida a ninguém — respondeu o Coelho Branco. — De fato, não há nada escrito do lado de fora. — Desdobrou o papel ao falar e acrescentou: — Não é uma carta, afinal; são versos.

— Estão na caligrafia do prisioneiro? — perguntou outro dos jurados.

— Não, não estão — disse o Coelho Branco. — E isso é o mais estranho.

O júri todo pareceu confuso.

— Ele deve ter imitado a caligrafia de outra pessoa — sugeriu o Rei.

O júri todo se animou novamente.

— Por favor, Vossa Majestade — disse o Valete. — Não escrevi isso, e eles não podem provar que escrevi. Não há nome assinado no final.

— Se você não assinou — ponderou o Rei —, isso só piora as coisas. Você *deve* ter tido alguma má intenção, senão teria assinado seu nome como um homem honesto.

Houve uma salva de palmas geral com isso. Foi a primeira coisa realmente inteligente que o Rei tinha dito naquele dia.

— Isso *prova* sua culpa — concluiu a Rainha.

— Isso não prova nada! — rebateu Alice. — Ora, vocês nem sabem do que se trata!

— Leia-os — mandou o Rei.

O Coelho Branco colocou seus óculos.

My notion was that you had been
(Before she had this fit)
An obstacle that came between
Him, and ourselves, and it.

Don't let him know she liked them best,
For this must ever be
A secret, kept from all the rest,
Between yourself and me.

"That's the most important piece of evidence we've heard yet," said the King, rubbing his hands; "so now let the jury—"

"If any one of them can explain it," said Alice, (she had grown so large in the last few minutes that she wasn't a bit afraid of interrupting him,) "I'll give him sixpence. I don't believe there's an atom of meaning in it."

The jury all wrote down on their slates, "*She* doesn't believe there's an atom of meaning in it," but none of them attempted to explain the paper.

"If there's no meaning in it," said the King, "that saves a world of trouble, you know, as we needn't try to find any. And yet I don't know," he went on, spreading out the verses on his knee, and looking at them with one eye; "I seem to see some meaning in them, after all,

'—*said I could not swim*—' you can't swim, can you?" he added, turning to the Knave.

The Knave shook his head sadly.

Minha ideia era que você tivesse sido
(Antes que ela fizesse esse reboliço)
Um obstáculo estabelecido
Entre ele, e nós mesmos, e isso.

Não deixe que ele saiba que ela gostava deles mais,
Porque isso deve sempre ser cuidadosamente
Um segredo, mantido de todos os demais,
Entre mim e você, somente.

— Essa é a evidência mais importante que ouvimos até agora — declarou o Rei, esfregando as mãos. — Então agora deixe o júri...

— Se alguém puder explicar — disse Alice. Ela tinha crescido tanto nos últimos minutos que não tinha medo algum de interrompê-lo. — Eu lhe darei seis pence. Não acredito que haja um átomo de significado nisso.

Todos do júri escreveram em suas pranchetas: "Ela não acredita que haja um átomo de significado nisso", mas nenhum deles tentou explicar o papel.

— Se não tem significado — disse o Rei —, então isso nos salva de um monte de problemas, já que não vamos ter de tentar encontrá-lo. E, mesmo assim, não sei — ele continuou, abrindo os versos em seu joelho e olhando para eles com um olho só. — Pareço ver algum significado neles, afinal... "Disse que eu não sabia natação"... Você não sabe natação, sabe? — acrescentou, virando-se para o Valete.

O Valete balançou a cabeça tristemente.

"Off with her head!" the Queen shouted at the top of her voice. Nobody moved.

"Who cares for you?" said Alice, (she had grown to her full size by this time.) "You're nothing but a pack of cards!"

At this the whole pack rose up into the air, and came flying down upon her: she gave a little scream, half of fright and half of anger, and tried to beat them off, and found herself lying on the bank, with her head in the lap of her sister, who was gently brushing away some dead leaves that had fluttered down from the trees upon her face.

"Wake up, Alice dear!" said her sister; "Why, what a long sleep you've had!"

"Oh, I've had such a curious dream!" said Alice, and she told her sister, as well as she could remember them, all these strange Adventures of hers that you have just been reading about; and when she had finished, her sister kissed her, and said,

"It *was* a curious dream, dear, certainly: but now run in to your tea; it's getting late."

So Alice got up and ran off, thinking while she ran, as well she might, what a wonderful dream it had been.

But her sister sat still just as she left her, leaning her head on her hand, watching the setting sun, and thinking of little Alice and all her wonderful Adventures, till she too began dreaming after a fashion, and this was her dream:—

First, she dreamed of little Alice herself, and once again the tiny hands were clasped upon her knee, and the bright eager eyes were looking up into hers—she could hear the very tones of her voice, and see that queer little toss of her head to keep back the wandering hair that *would* always get into

— Cortem-lhe a cabeça! — a Rainha gritou a plenos pulmões. Ninguém se mexeu.

— Quem se importa com vocês? — indagou Alice. Ela tinha crescido até seu tamanho normal neste momento. — Vocês não passam de um bando de cartas!

Com isso, todo o baralho subiu pelo ar e veio voando sobre ela, que deu um gritinho, meio de susto e meio de raiva, e tentou afastá-los. Então se viu deitada na encosta, com a cabeça no colo da irmã, que gentilmente limpava folhas secas caídas das árvores sobre seu rosto.

— Acorde, Alice querida! — chamou sua irmã. — Oh, que sono longo você teve!

— Oh, tive um sonho tão curioso! — exclamou Alice, e contou à irmã tanto quanto conseguia lembrar, todas as estranhas aventuras que você acabou de ler. E quando terminou, sua irmã lhe deu um beijo, e disse:

— Foi um sonho curioso, querida, com certeza. Mas agora corra para o seu chá, está ficando tarde.

Então Alice se levantou e correu, pensando, enquanto isso, na medida do possível, no sonho maravilhoso que havia tido.

Mas sua irmã ficou sentada exatamente como ela a deixara, apoiando a cabeça na mão, observando o sol se pôr e pensando na pequena Alice e em todas as suas maravilhosas aventuras, até que ela própria começou a sonhar, e este foi o seu sonho:

Primeiro, sonhou com a pequena Alice, e suas mãos pequeninas estavam agarradas sobre os joelhos. Os olhos brilhantes e ansiosos de Alice miravam para cima, de encontro aos dela. Podia ouvir os timbres exatos de sua voz, e ver aquele pequeno sacudir de cabeça para manter afastados os cabelos que sempre entravam

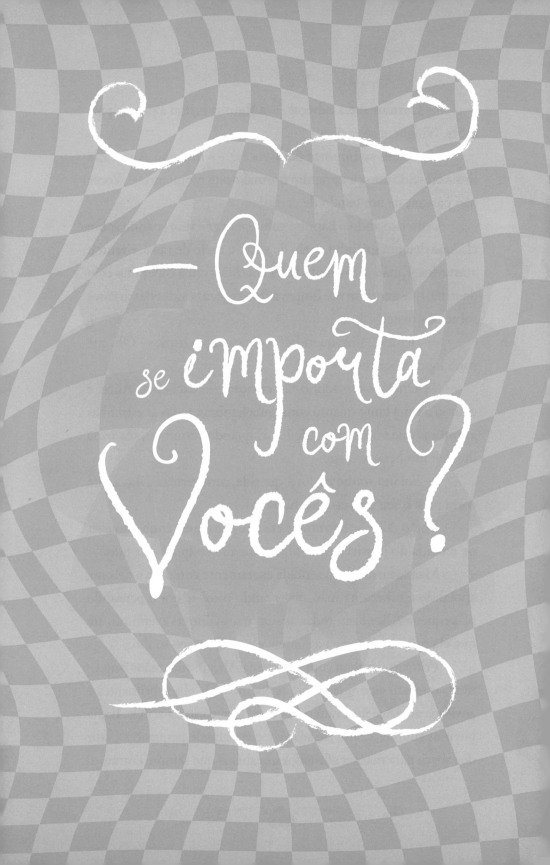

her eyes—and still as she listened, or seemed to listen, the whole place around her became alive the strange creatures of her little sister's dream.

The long grass rustled at her feet as the White Rabbit hurried by—the frightened Mouse splashed his way through the neighbouring pool—she could hear the rattle of the teacups as the March Hare and his friends shared their never-ending meal, and the shrill voice of the Queen ordering off her unfortunate guests to execution—once more the pig-baby was sneezing on the Duchess's knee, while plates and dishes crashed around it—once more the shriek of the Gryphon, the squeaking of the Lizard's slate-pencil, and the choking of the suppressed guinea-pigs, filled the air, mixed up with the distant sobs of the miserable Mock Turtle.

So she sat on, with closed eyes, and half believed herself in Wonderland, though she knew she had but to open them again, and all would change to dull reality—the grass would be only rustling in the wind, and the pool rippling to the waving of the reeds—the rattling teacups would change to tinkling sheep-bells, and the Queen's shrill cries to the voice of the shepherd boy—and the sneeze of the baby, the shriek of the Gryphon, and all the other queer noises, would change (she knew) to the confused clamour of the busy farm-yard—while the lowing of the cattle in the distance would take the place of the Mock Turtle's heavy sobs.

Lastly, she pictured to herself how this same little sister of hers would, in the after-time, be herself a grown woman; and how she would keep, through all her riper years, the simple and loving heart of her

nos seus olhos. E conforme ela a ouvia, ou parecia ouvi-la, todo o lugar ao redor enchia-se de vida com as estranhas criaturas do sonho de sua irmãzinha.

A grama comprida farfalhava aos seus pés à medida que o Coelho Branco corria apressado; o Rato assustado espirrava água em volta de si, em sua jornada que cruzava a poça ao lado; ela podia ouvir o tilintar das xícaras de chá enquanto a Lebre de Março e seus amigos compartilhavam sua refeição interminável, e a voz estridente da Rainha ordenando que seus convidados infelizes fossem executados; mais uma vez o bebê-porco espirrava no colo da Duquesa, ao passo que pratos e pratos caíam ao redor dele; mais uma vez o grito do Grifo, o guincho do lápis de ardósia do Lagarto e o engasgar dos porquinhos-da-índia suprimidos enchiam o ar, misturados aos soluços distantes da miserável Tartaruga Fingida.

Então ela sentou-se, com os olhos fechados, e meio que acreditou estar no País das Maravilhas, embora soubesse que só precisava reabri-los e tudo voltaria à opaca realidade: a grama estaria apenas farfalhando ao vento, e as ondas do lago seriam meramente o balançar dos juncos ao vento; o tilintar das xícaras de chá voltariam a ser apenas os sinos das ovelhas, e os gritos agudos da Rainha, apenas a voz do pastorzinho; o espirro do bebê, o grito do Grifo, e todos os outros ruídos estranhos mudariam (ela sabia) para o confuso clamor do curral agitado, à medida que o mugido do gado ao longe tomaria o lugar dos pesados soluços da Tartaruga Fingida.

Por último, contemplou como a mesma irmãzinha se tornaria, no futuro, uma mulher crescida. E como manteria, ao longo de todos os seus anos mais maduros, o coração simples e amoroso da

Lewis Carroll

Charles Lutwidge Dodgson, better known by his pseudonym Lewis Carroll, was a British writer, illustrator, photographer, mathematician and Anglican reverend. He is the author of the classic *Alice in Wonderland*, as well as political poems, as a precursor of avant-garde poetry.

Born on January 27, 1832, in Daresbury, England, he was the third of eleven children and, as he had many younger siblings, he used to create stories to help distract them. Due to his father, also named Charles Dodgson, an Anglican clergyman, Carroll received a religious education during his childhood; however, he ended up enrolling at the University of Oxford in 1851. After only two days at the University, his mother, Frances Jane Lutwidge, died due to a brain inflammation, at the age of 47. While at the University, Lewis Carroll excelled and was invited to teach Mathematics at the Christ College in 1855, where he remained being a professor until 1881. After his father's death in 1868, Carroll fell into a depression that lasted for some years.

After graduation, Charles Dodgson devoted himself to religious studies, like his father, and became a deacon. At church, he met the Liddells, who became close friends with him; so close that he came to be considered an uncle to the children of the family, for whom he created stories. It is believed that Carroll wrote his best-known novels based on Alice Liddell, one of his friends' daughters. Although the author denied on several occasions that the character was based on any real child, it is known that he created the story for Alice during a boat trip. It is said that she liked the story so much that she asked him to write it. At the girl's request, in 1864, Carroll wrote a manuscript entitled *Alice's Adventures Under Ground*.

Changing the title of the manuscript to *Alice's Adventures in Wonderland*, in 1865, Lewis Carroll published his first book — under the same pseudonym with which he had previously published texts in

Charles Lutwidge Dodgson, mais conhecido pelo pseudônimo Lewis Carroll, foi um escritor, ilustrador, fotógrafo, matemático e reverendo anglicano britânico. É autor do clássico *Alice no País das Maravilhas*, além de poemas políticos, como precursor da poesia de vanguarda.

Nascido em 27 de janeiro de 1832, em Daresbury, na Inglaterra, foi o terceiro de onze filhos e, por ter muitos irmãos mais novos, ele criava histórias para ajudar a distraí-los. Por conta de seu pai, também chamado Charles Dodgson, um clérigo anglicano, Carroll recebeu educação religiosa durante a infância; porém, acabou por ingressar na Universidade de Oxford, em 1851. Apenas após dois dias na Universidade, sua mãe, Frances Jane Lutwidge, faleceu em decorrência de uma inflamação no cérebro, com 47 anos. Enquanto estava na Universidade, Lewis Carroll destacou-se e foi convidado para lecionar Matemática no Christ College, em 1855, onde foi professor até 1881. Após a morte de seu pai, em 1868, Carroll entrou em uma depressão que perdurou por alguns anos.

Após a graduação, Charles Dodgson passou a dedicar-se aos estudos religiosos, assim como seu pai, e se tornou diácono. Na igreja, conheceu os Liddell, que se aproximaram dele, tornando-se grandes amigos; tão amigos que ele passou a ser considerado como um tio para as crianças da família, para as quais criava histórias. Ao que se acredita, Carroll escreveu seus romances mais conhecidos baseados em Alice Liddell, uma das filhas de seus amigos. Embora o autor tenha negado por diversas vezes, que a personagem tivesse sido inspirada em qualquer criança real, é conhecido que ele havia criado a história para Alice durante um passeio de barco. Diz-se que ela gostou tanto da história que pediu a ele que a escrevesse. Atendendo ao pedido da menina, em 1864, Carroll escreveu um manuscrito intitulado *Alice's Adventures Under Ground*.

Mudando o título do manuscrito para *Alice's Adventures in Wonderland* (*Alice no País das Maravilhas*), em 1865, Lewis Carroll publicou seu primeiro livro — sob o mesmo pseudônimo com o qual já havia publicado

literary magazines — and only after several modifications and proof-reading did the text reach the version we know today. A few years later, in 1871, Carroll published *Through the Looking-Glass, and What Alice Found There*, better known in Brazil as *Alice Through the Looking-Glass*, another largely metaphorical text, full of puns and which, through fantasy literature resources, also brings comparisons and questions about the society of the time. In addition, Carroll also composed poems and songs based on the stories. Both novels are set in games that require logical reasoning (such as cards and chess) and are full of mathematical and logical puzzles hidden in the text.

With his ironic syllogism, full of puns, and also because of his ease and interest in the subjects, Carroll later published several books and academic articles, whose highlights are *The Game of Logic* (1887) and *Symbolic Logic* (1896).

Among his many passions, Carroll enjoyed puppets, illusionism, paper crafts, illustration, and also found his way into photography — he took about 3,000 portraits throughout his life and even specialized in photographs of celebrities and children.

Charles Dodgson died of pneumonia on January 14, 1898, at his sister's house in Guildford, Surrey, England, just a few days before his 66th birthday. His body was buried in the cemetery of the same city and his tombstone is, to this day, widely visited and honoured.

Since then, her work has been adapted into a variety of media (films, video games, plays, musicals, opera) and is also recognised as a UK heritage item: the Royal Mint recently launched a collection of pound sterling coins inspired by Alice's books — a tribute that is a testament to her impact on British and global society.

textos em revistas literárias — e apenas após diversas mudanças e revisões o texto chegou à versão que conhecemos. Alguns anos depois, em 1871, Carroll publicou *Through the Looking-Glass, and What Alice Found There*, mais conhecido no Brasil como *Alice Através do Espelho*, outro texto amplamente metafórico, cheio de trocadilhos e que, por meio de recursos de literatura fantástica, também traz comparativos e questionamentos acerca da sociedade da época. Além disso, Carroll também compôs poemas e canções baseadas nas histórias. Ambos os romances são ambientados com jogos que necessitam do raciocínio lógico (como os de cartas e o xadrez) e são repletos de enigmas de matemática e de lógica ocultos no texto.

Com seu silogismo irônico, repleto de trocadilhos, e também por sua facilidade e interesse nos assuntos, Carroll posteriormente publicou diversos livros e artigos acadêmicos, dos quais se destacam *The Game of Logic* (1887) e *Symbolic Logic* (1896).

Entre suas diversas paixões, Carroll gostava de marionetes, ilusionismo, artesanato de papel, ilustração, e também se encontrou na fotografia — fez cerca de 3 mil retratos em toda a sua vida e chegou a se especializar em fotos de personalidades e de crianças.

Charles Dodgson morreu em decorrência de uma pneumonia no dia 14 de janeiro de 1898, na casa de sua irmã, em Guildford, Surrey, na Inglaterra, a poucos dias de completar 66 anos de idade. Seu corpo foi sepultado no cemitério da mesma cidade e sua lápide é, até os dias de hoje, amplamente visitada e homenageada.

Desde então, sua obra tem sido adaptada para diversas mídias (filmes, jogos de videogame, peças de teatro, musicais, ópera) e também é reconhecida como patrimônio do Reino Unido: recentemente, a Royal Mint, a Casa da Moeda Real, lançou uma coleção de moedas de libra esterlina inspirada em Alice — uma homenagem que é um testamento de seu impacto na sociedade britânica e mundial.

SIGA NAS REDES SOCIAIS:
- @EDITORAEXCELSIOR
- @EDITORAEXCELSIOR
- @EDEXCELSIOR
- @EDITORAEXCELSIOR

EDITORAEXCELSIOR.COM.BR